Thomas Brezina

Pssst! Unser Geheimnis

Klassenfahrt und Geisterkuss

Band 22

Thomas Brezina

Pssst! Unser Geheimnis
Band 22

KLASSENFAHRT UND GEISTERKUSS

Mit Illustrationen von Rolf Bunse

Ravensburger Buchverlag

Bibliografische Information der Deutschen Nationalbibliothek:

Die Deutsche Nationalbibliothek verzeichnet diese Publikation
in der Deutschen Nationalbibliografie.
Detaillierte bibliografische Daten sind im Internet
über **http://dnb.d-nb.de** abrufbar.

1 2 3 11 10 09

Umschlaggestaltung: Sabine Reddig
unter Verwendung einer Illustration
von Annabelle von Sperber
Innenillustrationen: Rolf Bunse

Printed in Germany

ISBN 978-3-473-47434-9

www.ravensburger.de
www.thomasbrezina.com

HAALLLOOOOOO!

Persönliche Daten

Name: Vanessa Reininghaus
Größe: 158 cm
Augenfarbe: braun
Besondere Kennzeichen:
Haare – sehr kurz

Freundinnen

„nur 2"– zählen wie 2000

Bix: absolut romantisch, lieb, hat immer Verständnis, sollte mehr Sport machen!

Krissi: absolut gut drauf – immer (fast immer – wenn nicht, sind wir für sie da)

Freizeitaktivitäten

Sport – Karate
Chem. Experimente
Meine Freundinnen

Zuständigkeiten

Schule
Schwestern:
Wanda Reininghaus
Susanna Reininghaus
Sonntags – spülen
Ordnung halten (ächz)

Leidenschaften

5 Sittiche
Reisen
Karate
Chem. Experimente
Flippige Mode

Vanessa

Heydiho,

Promifoto

Krissi Kiska:

intelligent, schön, prominent, humorvoll

Hobbys: 8erbahn fahren ohne Ende, Abenteuer und Spaß haben

und

Freunde
innen

Vanessa
die Karatetigertodeskralle, supertoller Kumpel.

Bix
supertoller Kumpel, könnte aber auch als Butterblume auf einer Almwiese stehen.

HO-HO

PS: 2 Katzen (Donald + Daisy), 1 Hund (Amadeus),
1 Mutter (Mam), 1 Vater (Paps), 2 Brüder (?+?)
ach ja: Caesar + Antonius

Halli, hallo – ich bin Bix Taler.

Ich habe einen UNmöglichen kleinen Bruder und eine etwas seltsame – aber liebe – Mutter.

ich

Mama

der Unaussprechliche

Was ich nicht mag: Streit; Spinat; rechthaberische, dumme, alberne, aufdringliche Jungs; zu enge Tops und kaputte Strümpfe.

Was ich mag: Mama; Ben (Mamas Freund); ein bisschen auch Felix, meinen Bruder; Dick + Doof, meine Kaninchen; Spaghetti – davon viel! Rotkohl; Lasagne; Schokopudding; Eis …

Was ich besonders mag: meine allerbesten Freundinnen

Krissi + Vanessa

Ulknudel, mitfühlend, meistens zuverlässig

Supersportlich, superzuverlässig, beneidenswert schlank

CIAO!

Hallo ihr kleinen Biester,

mein Name ist Alexa und ich bin die absolut wunderschönste Kröte der Welt. Und wenn ich sage Kröte, meine ich auch Kröte!

Beweisfoto

Was ich großartig finde:

- dicke Zigarren
- Kartoffelchips, je fettiger, je lieber (rülps)
- diese dämlichen Gören Fetti, Deppi und Fretti herumzukommandieren

Na, erraten, wen ich damit meine?!

Was mich wild macht:

- wenn die 3 Mädels nicht tun, was ich ihnen sage (dann setzt es Pickel!)
- wenn man meine wahre Schönheit nicht erkennt

In Wirklichkeit bin ich ja das zauberhafteste, elfenhafteste Mädchen der ganzen Welt.

Eine Krötenprinzessin sozusagen.
Aber das ist eine lange Geschichte ...

HAAIIIITÓ
PICA–PICA (Das Blinzeln der Sterne)

Ich muss was klarstellen:

1. Ich hab mich ganz schön in die Tinte gesetzt!

Tinte zum Reinsetzen (umgefallen)

2. Fast schon drin gewälzt ...
3. Alexa war diesmal nicht schuld!

4. Ich bin in der Tinte liegen geblieben !!!!
5. Ich sage nur (schluck): PRINZ
6. (Seufz) Emanuel (Seufz) von Salenstein (Seufz)

Eure euch alles korrekt berichtende – nichts verschweigende (o.k. fast) Vanessa

Geheimbotschaften

Vorn im Umschlag stecken die Geheimbotschaften von Krissi, Bix und Vanessa. Um sie zu lesen, machst du Folgendes: Du unterteilst die jeweilige Geheimbotschaft in Silben und nummerierst diese mit 1, 2, 1, 2, 1 …

Beispiel:

NES	VA	IST	SA	TEND	WÜ
1	2	1	2	1	2

Dann stellst du die Silbe 2 jeweils vor die Silbe 1 und schon hast du einen normalen Text vor dir:

VA	NES	SA	IST	WÜ	TEND
2	1	2	1	2	1

Wenn du selbst eine Botschaft verschlüsseln willst, machst du es genauso:

E	MA	NU	EL	IST	MEIN	TRAUM	PRINZ!
1	2	1	2	1	2	1	2

MA	E	EL	NU	MEIN	IST	PRINZ!	TRAUM
2	1	2	1	2	1	2	1

Nur deine Freundinnen, die diese Geheimschrift kennen, werden den Text lesen können.

Nun viel Spaß!

Hihi

Ein Prinz mit kurzen Beinen

Mein Name ist Vanessa Reininghaus und ich habe einen Brieffreund mit kurzen Beinen. Dabei ist er ein Prinz. Er schreibt mir nie auf gewöhnlichem Papier. Sein Briefpapier ist dick und rau und an den Rändern ausgefranst. So teures Papier wird nämlich nicht geschnitten, sondern gerissen, hat mir Ben erklärt.

Ben ist der Freund von Bix' Mutter und ihr Halbvater. Er ist wirklich in Ordnung, spielt sich nicht auf, und Bix' Mam hat immer dieses Glitzern in den Augen, wenn sie ihn ansieht. Was er an ihr findet, verstehe ich nicht ganz. Bix' Mam würde jederzeit die Wahl zur Miss Altmodisch gewinnen. Ich könnte mir vorstellen, dass sie im Schwimmbad keinen Badeanzug trägt, son-

dern so ein gestreiftes Ding mit Rüschen, das Arme und Beine halb bedeckt.

Das will ich aber gar nicht erzählen. Zurück zu meinem Brieffreund! Auf jedem Papierbogen prangt oben das Familienwappen, das von goldenen Bändern umschlungen wird. Wenn man mit dem Finger darüberfährt, kann man es deutlich spüren, denn es ist ins Papier geprägt.

So etwas haben nur sehr noble Leute, hat mir Ben erzählt. Das Familienwappen zeigt einen Adler und eine brennende Fackel. Ben sagt, die Zeichen stehen für Mut, Kraft, Reichtum und Stärke.

Mein Brieffreund hat den wohlklingenden Namen Emanuel Prinz von Salenstein und ist zwei Jahre älter als ich. Er schreibt nicht auf dem Computer, sondern mit einem Füller, und hat eine wunderbare, schwungvolle Handschrift. Ihr solltet seine eleganten Schnörkel sehen, die er beim P, beim T und beim S macht.

Emanuel würde niemals einfach „Hi Vanessa" schreiben oder „Hallo" oder „Tagchen". So reden andere Jungs ihre Brieffreundinnen an, niemals aber Emanuel. Jeder seiner Briefe beginnt mit „Meine herzallerliebste Angebetete“ und er unterschreibt mit „Dein ergebener Verehrer, Emanuel Prinz von Salenstein“.

Niemand hat mir geglaubt, als ich zum ersten Mal von Emanuel erzählte. Schließlich bin ich in der Schule für die meisten nur Karate-Vanessa oder Krachbumm-Vanessa oder auch Grübel (so nennen mich allerdings nur meine beiden besten Freundinnen Bix und Krissi).

In Karate bin ich richtig gut und habe schon den orangefarbenen Gürtel. Ich mache gerne Experimente in unserem Keller und einmal ist mir eine Mischung um die Ohren geflogen. Die Decke ist heute noch schwarz, und mein Gesicht hättet ihr damals sehen sollen! Mir ist zum Glück nichts passiert. Na ja, wenn man mal davon absieht, dass ich seitdem für die meisten Menschen nur noch Krachbumm-Vanessa bin. Zu dem Spitznamen Grübel bin ich gekommen, weil ich nicht so viel rede wie Krissi. Die ist aber auch wirklich eine Sprechmaschine. Vielleicht denkt sie, ihr könnten die Lip-

pen zusammenwachsen, wenn sie einmal den Mund für ein paar Minuten hält.

Emanuel trat an einem Mittwoch in mein Leben. (Schock: Ich rede schon wie Krissi, wenn sie sich diese Schmalz-Schnulz-Schmuse-Herzchen-Schmerzchen-Serie reingezogen hat.)

Es war also an einem Mittwoch. Da haben wir in der dritten und vierten Stunde Sport, mein Lieblingsfach. Unsere Sportlehrerin war krank, und weil kein anderer Lehrer aushelfen konnte, sollten wir einfach nur still in der Klasse sitzen und Hausaufgaben machen. Unsere Direktorin, Frau Löblich, hatte damit gedroht, vorbeizukommen und uns jede Menge Strafarbeiten aufzubrummen, wenn wir laut würden oder Unsinn machten.

Immer wenn sie in der Klasse steht und zu uns spricht, habe ich das Gefühl, vor einem Aquarium zu sitzen. Frau Löblich hat so einen Forellenmund, der beim Sprechen ein großes O formt. Manchmal höre ich ihre Predigten gar nicht mehr, sondern stelle mir vor, wie sie im Wasser schwimmt und kleine Luftblasen aus ihrem Mund kommen: blubb, blubb, blubb.

Freie Schulstunden sind eine feine Sache. Jedenfalls dann, wenn man nicht vor Langeweile umkommt, weil man absolut nichts zu tun hat. Manche hatten ein Buch mit und Lenni, der Grinser, rief eine Meisterschaft im Zischi-Zacken aus. Gespielt wird das mit Linealen, Geodreiecken und Münzen und es ist eine Art Hockey. Das Spielfeld ist eine Schulbank. Lenni lud mich als einziges Mädchen ein, an der Meisterschaft teilzunehmen. Krissi meint, er ist in mich verknallt, allerdings stellen sich mir beim Gedanken daran sämtliche Härchen im Nacken einzeln auf. Lenni ist dünn und lang, rothaarig, hat jede Menge Sommersprossen auf seiner rosa Babyhaut und ein Dauergrinsen im Gesicht. Nach fast jedem Satz gibt er so einen grunzenden Lacher von sich. Klarer Fall, dass ich die Einladung dankend ablehnte.

In der zweiten Reihe sitzt Aurelia, die noch nicht lange bei uns ist. Sie ist mit ihren Eltern aus Australien in unsere Stadt gezogen und hält sich für etwas ganz Besonderes. Mein Fall ist sie nicht, aber viele andere Mädchen aus unserer Klasse verehren sie wie so eine Göttin mit Kuhkopf und sieben Armen.

In der Freistunde begann Aurelia von ihrem

E-Mail-Freund zu erzählen, den sie in Australien hat. „Er ist absolut perfekt, denn er sieht einfach perfekt aus und spielt in einer Boyband Schlagzeug."

Aurelias Lieblingswort ist „perfekt" und sie selbst ist auch perfekt. Ihr pechschwarzes Haar ist immer perfekt gestylt und ihre Klamotten sitzen einfach perfekt. In ihrem Gesicht ist natürlich auch alles perfekt. Ich habe bei ihr noch nie einen Pickel gesehen. Aber ich wette, selbst Pickel wären bei Aurelia perfekt.

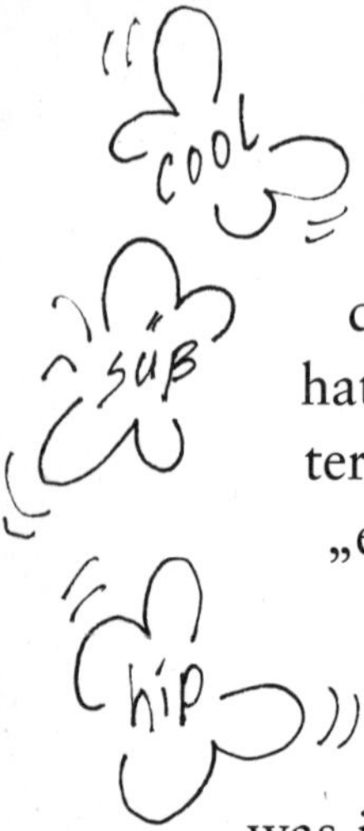

Da sie ihr nicht nachstehen wollten, begannen jetzt auch andere Mädchen von Jungs zu schwärmen, die sie beim Chatten kennengelernt hatten. In der Klasse flatterten die Wörter „süß“, „niedlich“, „cool“, „hip“, „echt fett“, „Schnuckel“ und sogar „Baby“ durch die Luft wie Schmetterlinge.

Dann habe ich etwas erfahren, was ich nicht für möglich gehalten hätte. Sogar meine besten Freundinnen Bix und Krissi haben E-Mail-Freunde. Bisher hatten sie die

In der Tat beeindruckend – vor allem – man erkennt so viel von ihm!

Jungs verschwiegen. Bix schreibt einem Jungen in Afrika E-Mails, der mit seinen Eltern in einem Nationalpark lebt und ihr ständig Fotos schickt, die ihn neben einem Elefanten oder vor einer Giraffe zeigen. Krissis E-Mail-Freund lebt in New York. Sie lässt seine Nachrichten immer von einem Computerprogramm übersetzen. Deshalb klingt auch alles sehr seltsam, was er so schreibt. Krissi hatte eine ausgedruckte E-Mail dabei, die ungefähr so lautete:

Hallo Krissi, wie tust du tun? Ich bin fein und mein Leben ist kühl. Ich habe gerade gekommen nach Hause von Schule. Tust du kennen den Popsinger Linda Fridder? Sie ist ein Schlag …

Dieses Computerprogramm übersetzt nämlich alles wörtlich und deshalb kommt dieser Unsinn heraus.

Mit einem Ohr hörte ich zu, was da so geredet wurde. Wirklich interessiert hat es mich aber nicht. Ich zeichnete auf die letzten Seiten meines Mathematikheftes Comicfiguren. Es waren alles Karatekämpfer im Sprung.

„Du hast sicher keinen E-Mail-Freund!“, tönte es schräg hinter mir

von Aurelia. Zuerst fühlte ich mich gar nicht angesprochen. Doch dann wiederholte Aurelia ihre Frage und hängte meinen Namen dran.

Alle Augen waren auf mich gerichtet. Ich hörte jemanden tuscheln: „Ach, Vanessa, die weiß nicht mal, wie man das Wort Junge schreibt.“

Junge!
und wie ich das weiß!!

In dieser Sekunde geschah es. (Ich schreibe es lieber in Geheimschrift, denn wer weiß!)

Geheimbotschaft Nr. 1, vorne im Umschlag

Was redest du da, Vanessa zwei?

„E-Mail ist nicht mein Stil!“, hörte ich mich sagen. „Auch nicht der Stil meines Brieffreundes. Er ist nämlich ein Prinz. Emanuel heißt er. Emanuel Prinz von Salenstein.“

Nachdem ich seinen Namen und das Wort Prinz ausgesprochen hatte, herrschte absolute Stille. Ich würde sagen, die perfekte Stille. Einige sahen mich mit offenem Mund an, andere mit geschlossenem, dafür aber mit megagroßen Augen.

Bix sagte als Erste etwas: „Vanessa, das wusste ich ja gar nicht.“

Ich auch nicht, wollte ich schon fast sagen.

„Wo hast du den denn kennengelernt? In welchem Chat?“, forschte Aurelia sofort nach. Sie hatte ein gieriges Glitzern in den Augen.

„Ach, du, in gar keinem. Unsere Freundschaft wurde vermittelt. Von einer gräflichen Freundin meiner Mutter.“ Während ich das sagte, stand

Hey, hey, hey, meine Liebe – wie bin ich denn drauf??

ich total neben mir. Ich staunte nicht schlecht, was ich da erzählte.

Meine Freundin Krissi seufzte und verdrehte die Augen. Sie ist manchmal eine schreckliche Kitschtante.

„Echt romantisch!“, schwärmte sie begeistert. „Ihr schreibt euch noch richtige Briefe?“

Ich, Vanessa eins, die neben Vanessa zwei stand, sah Vanessa zwei mit ernstem Gesicht nicken.

Gretchen, die immer alles besser weiß, sagte: „Ach, der heißt doch sicher nur Prinz. In Wirklichkeit ist er genau wie alle Jungen.“

Vanessa zwei schenkte ihr einen mitleidigen Blick. „Da irrst du dich sehr. Du solltest einmal die Briefe sehen, die er mir schickt.“

„Hast du denn einen dabei?“, fragte Aurelia gierig.

Vanessa zwei schnaubte kurz, als könnte sie nicht glauben, eine solche Frage gestellt zu bekommen. Ich kippte fast aus den Schuhen, als sie erklärte: „Solche Briefe hat man nicht einfach im Rucksack. Ich bewahre sie in einer Schatulle auf.“

Ich musste zugeben: Vanessa zwei war einfach perfekt. Das konnte ich an Aurelias neidischem Blick sehen. Zum ersten Mal seit sehr langer Zeit stand nicht sie im Mittelpunkt, was sie total kribbelig machte.

„Du musst einen seiner Briefe mitnehmen und uns zeigen!“, verlangte sie und alle Mädchen um sie herum nickten.

„Vielleicht!“, meinte Vanessa zwei.

Vanessa eins daneben geriet ins Schwitzen. Sie fürchtete, dass die anderen Mädchen nicht aufhören würden, nach meinem prinzlichen Brieffreund zu fragen. Dabei hatte er kurze Beine. Sehr kurze Beine. Schließlich war er eine Lüge und die haben ja bekanntlich kurze Beine.

Am liebsten hätte ich Vanessa zwei am Kragen gepackt und geschüttelt, wie das Hundemütter mit ihren Welpen tun. Was hatte sie sich dabei gedacht?

Bestimmt kam irgendwann heraus, dass es Emanuel Prinz von Salenstein gar nicht gab, und dann würde ich einpacken können.

„Wo lebt er denn?“ Aurelia ließ nicht locker. „Hat er ein Schloss? Ich meine, seine Eltern?“

Vanessa zwei log weiter. „Nein, das ist ihnen zu protzig. Sie leben sehr zurückgezogen."

„Wo?" Aurelias Frage kam wie aus der Pistole geschossen. Witterte sie meine Flunkerei?

Einen Ort im Ausland konnte ich nicht nennen, da der Name Salenstein einfach nicht danach klang. Vanessa zwei fehlten einen Moment lang die Worte. Dann aber hörte ich sie sagen: „In der Nähe von Zinkenbusch."

Wie, um alles in der Welt, kam sie jetzt auf Zinkenbusch? Gab es diesen Ort überhaupt? Irgendwo hatte ich schon einmal davon gehört, mir fiel aber nicht mehr ein, wo.

Die erste Runde hatte ich wohl überstanden. Aurelia gab sich geschlagen und ließ sich zurück auf ihren Stuhl sinken. Während meines Verhöres war sie immer größer geworden und hatte sich vorgebeugt, als wollte sie sich auf mich stürzen.

„Bin schon neugierig, so einen Brief zu sehen", sagte sie, die Augen zu schmalen Schlitzen zusammengekniffen.

Meine Güte, sie ahnte etwas. Mir, Vanessa eins, wurde unbehaglich zumute.

Meinen beiden besten Freundinnen musste ich die Wahrheit sagen. Aber Bix war so eine Klatschtante – würde sie dichthalten? Was hatte ich da nur angerichtet? Oder besser gesagt: Was hatte Vanessa zwei da angerichtet? Langsam verschmolzen wir wieder und übrig blieb nur ich: die einzig wahre und echte Vanessa, die noch nie einen Brief- oder E-Mail-Freund gehabt hatte und schon gar keinen Prinzen. Vor nicht einmal einer halben Stunde hätte ich gelächelt, wenn mir jemand einen solchen Quatsch aufgetischt hätte.

So also wurde er geboren, mein prinzlicher Brieffreund mit kurzen Beinen. Und das bestimmt nur, weil meine kleine Schwester Wanda zurzeit bei jedem Essen von einem Buch schwärmt, das sie liest. Darin geht es um einen echten Prinzen, der sich in ein Mädchen aus New York verliebt. Mein Mund hatte einfach losgeplappert, weil ich witterte, wie perfekt mundtot so ein Brieffreund Mädchen wie Aurelia machen konnte.

Aber das war erst der Anfang einer langen Geschichte, die mit dem unglaublichsten Kuss enden sollte, den ich jemals bekommen habe. Es war ein Kuss, der mich rücklings aus den Schu-

hen kippte und mir den Atem nahm. Ein Kuss, wie ihn nur ein Prinz geben kann.

Spüre ich da Verwirrung bei euch? Fragt ihr euch bereits, ob Vanessa vielleicht beim Karate ein paar Schläge zu viel auf den Kopf bekommen hat? Ich kann es euch nicht verdenken. Aber es ist alles so völlig anders, als ihr glaubt.

Es war bestimmt der allerschlimmste Heimweg, den ich je mit Krissi und Bix zurücklegte. Die zwei löcherten mich die ganze Zeit mit ihren Fragen und wollten alles haarklein wissen.

„Unsere Grübel, jaja, stille Wasser sind tief!“, sagte Bix und drohte mir scherzhaft mit dem Zeigefinger. „Uns einen so tollen Brieffreund zu verschweigen.“

„Ich will die Briefe als Erste sehen!“, bettelte Krissi. „Ich bin deine Freundin. Wenn du sie Aurelia vor mir zeigst, dann rede ich nie wieder ein Wort mit dir.“

Diese Drohung würde sie in spätestens einer halben Stunde wieder vergessen haben, das wusste ich aus Erfahrung. Was sollte ich nur tun?

Stinktier und Ochsenfrosch

Beim Mittagessen saß ich zwar allein am Tisch, hatte aber dennoch Gesellschaft. Meine Mutter und meine beiden Schwestern waren nicht daheim und mein Essen stand für mich in der Mikrowelle bereit. Während ich Nudeln mit Gemüsesoße in mich hineinschaufelte, stritten neben mir Vanessa zwei und drei. Vanessa drei war neu dazugekommen und so etwas wie mein gutes Gewissen.

„Auf der Stelle wirst du deinen besten Freundinnen die Wahrheit sagen!", verlangte Vanessa drei, die ich mir mit Engelsflügeln und in einem blauen Seidenkleid vorstellte.

Vanessa zwei verschränkte lässig die Arme vor der Brust und grinste breit.

„Darauf kannst du lange warten, du Harfenzupferin."

„Denk an die Folgen, wenn die Wahrheit ans

Tageslicht kommt!“, mahnte mich meine Engels-Vanessa.

„Kann ja alles geheim bleiben!“, erklärte Vanessa zwei, die Prinzen-Erfinderin, patzig.

Plötzlich klopfte es. Das Geräusch kam aus meinem Zimmer. Das war das Zeichen für eine Geheimbotschaft. Zwischen Krissis Flurfenster und meinem Zimmerfenster haben wir einen Gartenschlauch gespannt. Durch den kann mir Krissi Botschaften schicken. Sie schreibt sie auf einen Zettel – natürlich in Geheimschrift –, steckt sie in den Schlauch und pustet sie mithilfe eines Blasebalgs zu mir herüber. Außerdem haben wir eine Schnur gespannt, an der ein Gummiball befestigt ist, der gegen mein Fenster klopft, wenn Krissi daran zieht. So weiß ich immer sofort, wenn eine Nachricht eingetroffen ist.

Zwischen Krissis Zimmer und Bix' Zimmer ist ein Draht gespannt, über den die beiden Briefchen rutschen lassen können. Wir wohnen alle in derselben Straße und unsere Häuser bilden eine Art Dreieck. Krissi und ich sind direkte Nachbarn, Bix wohnt auf der anderen Straßenseite, genau gegenüber von Krissi.

Außerdem sind wir Weltmeisterinnen im Erfinden von Geheimschriften. Der Grund dafür sind unsere vielen Geschwister. Ich habe ein kleines und ein großes Schwestermonster, Krissi zwei große Brüder und Bix einen Gnom, der ihr kleiner Bruder ist. Geschwister können sehr viel Spaß machen, aber auch eine Plage sein. Vor allem, wenn sie alles wissen wollen und ihre Nasen in Sachen stecken, die sie gar nichts angehen.

Wir drei haben ein Geheimnis, das richtig groß ist. Nicht nur so etwas Lächerliches wie ein Schokoladenversteck. Bei uns geht es um solche Kleinigkeiten wie Vampire, Zombies, echte Monster und eine sprechende Kröte namens Alexa.

Ja, wir sind so was wie Monsterjägerinnen oder zumindest Monstersitterinnen. Vorstellen müsst ihr euch das so wie Babysitterinnen, nur passen wir nicht auf kleine Plagegeister mit Schnuller auf, sondern auf Wesen mit langen Fangzähnen, drei Augen oder der Fähigkeit, sich in silbrigen Staub aufzulösen oder euch mit einem großen Bissen zu verschlingen.

Unser größtes Geheimnis aber hockt im Keller des Rathauses, frisst Kartoffelchips und pafft Zigarren und ist die größte Kröte, die es auf der ganzen Welt gibt. Ganz nebenbei kann sie auch sprechen und ziemlich nerven.

Sie heißt Alexa und ist – wie sie uns vor Kurzem verraten hat – die „Hüterin der ungewöhnlichen Wesen".

Es ist nämlich so: Unter unserer Stadt soll sich eine Art Riesenkristall befinden, der die seltsamsten Gestalten anlockt: Vampire, Hexen, Monster, Außerirdische, Geister und sogar Dämonen.

Aber nur getarnt! Es kann schon vorkommen, dass der Metzger in Vollmondnächten in die Blutwurst beißt oder sich die Zahnärztin als Hexe entpuppt.

Fast alle diese Wesen sind harmlos. Benimmt sich aber jemand daneben oder fällt vielleicht sogar auf, was nie geschehen darf, dann greift Alexa ein. Dazu ist sie da. Allerdings ist sie nicht gerade ein Ausbund an Fleißigkeit, sondern eher ziemlich faul. Aus diesem Grund hat sie uns beauftragt, für sie zu arbeiten, ob wir wollen oder nicht. Denn falls wir nicht tun, was sie von uns verlangt, hat sie uns schon oft gedroht. dass wir mindestens hundert Pickel bekommen und unsere Haare ausfallen.

Da mussten wir Ja sagen.

Aber ganz ehrlich, wir sind gerne für sie unterwegs.

Keiner außer uns kennt das Geheimnis der Stadt und einiger ihrer Bewohner. Das macht uns schon zu etwas Besonderem, und dieses Gefühl ist doch echt stark.

Es klopfte wieder in meinem Zimmer. Also bin ich nach oben gegangen und habe den zerdrückten Zettel aus dem Schlauch genommen und glatt gestrichen.

Geheimbotschaft Nr. 2, vorne im Umschlag

Der zweite Teil der Nachricht war klar, aber was bedeutete der erste? Krissi war wohl mit dem Kopf gegen den Türrahmen gelaufen. So lasse ich mich wirklich nicht nennen! Nichts gegen diese Tiere und schon gar nichts gegen alle, die ein bisschen Speck auf den Hüften haben. Nur auf mich trifft das einfach nicht zu. Ich sehe eher aus wie ein Modell „Zaunlatte", und nachdem ich oben auch völlig flach bin, habe ich schon ein paar Komplexe. Auch wenn

Mam mich immer tröstet, dass es bei manchen eben länger dauert.

Vor Krissis Gartentor stand bereits Bix, die wohl auch eine Nachricht erhalten hatte. Meine Hausaufgaben verschob ich auf später und in der Küche legte ich einen Zettel auf den Tisch: *Bin laufen, komme bald zurück, Vanessa!*

Das war sogar die Wahrheit. Bis zum Rathaus ist es ein weiter Weg und meistens laufe ich ihn. Übrigens gehen wir drei niemals gemeinsam. Jede nimmt eine andere Strecke, damit wir nicht auffallen. Erst im Keller des Rathauses treffen wir uns.

So auch an diesem Mittwoch. Es war wie damals, vor einem Jahr, als wir uns in den Keller verirrt hatten. Wir waren mit unserer Schulklasse im Stadtmuseum und hatten alle drei zu viel Cola getrunken. Auf der Suche nach der Toilette standen wir auf einmal im Keller vor einer Backsteinwand.

Eine solche rote Wand ist nichts Besonderes. Besonders wird es nur, wenn die Steine auf einmal durchsichtig werden und schließlich verschwinden und dahinter eine violette Tür auftaucht, die sich von allein öffnet.

Seit damals geschieht das immer, wenn eine

von uns oder wir alle drei zu der Backsteinwand kommen.

Hinter der Tür liegt Alexas Reich. Vorstellen könnt ihr es euch wie ein uraltes Gewölbe mit morschen Holzbalken und haufenweise Gerümpel, wie man es auf einem großen Flohmarkt findet. Mitten zwischen Lehnstühlen, aus denen sich rostige Sprungfedern bohren, und Regalen mit Schrumpfköpfen (echten natürlich) und getrockneten Fledermäusen hockt Alexa. Sie ist bestimmt die größte Kröte, die ihr jemals zu sehen bekommen habt. Und sicherlich auch die fetteste, aber sagt das besser nicht laut, weil sie sonst hochexplosiv wird.

Geheimfoto – Pssst!

An diesem Mittwoch, als ich fest entschlossen war, meinem guten Gewissen zu folgen, hockte Alexa auf dem Boden. Dort hatte sie ein brüchiges Pergament ausgebreitet und die Ecken mit einem gläsernen Totenkopf, einem versteinerten Saurierei, einer Hakenhand, wie sie Piraten haben, und einem Holzbein beschwert.

Krissi musste lachen, als sie Alexa sah, und presste sofort die Hände auf den Mund. Das Lachen konnte sie zurückhalten, dafür erzeugte sie aber Geräusche, als würde sie sich in die Finger schnäuzen.

Alexa hatte ein grün-gelb gemustertes Tuch wie einen Turban um den Kopf geschlungen, ein Monokel im Auge und einen Zigarrenstummel seitlich im Maul. Die Zigarre war längst ausgegangen, trotzdem zog sie noch daran. Außerdem trug sie einen seidenen Mantel, der nachtblau schimmerte und mit goldenen Augen bestickt war.

Ohne aufzusehen sagte

Alexa: „Na endlich, freches Stinktier, fetter Ochsenfrosch und fröhliche Riesenschildkröte."

Schon wieder! Ich fühlte mich gleich angesprochen und wollte schon protestieren. War fetter Ochsenfrosch mein neuer Spitzname? Vielen Dank, darauf konnte ich verzichten.

Bix entgeht nichts. Sie muss ein Aufspürgerät eingebaut haben, das meldet, wenn jemand sauer oder beleidigt ist. Schnell beugte sie sich zu mir und flüsterte: „Mein sprechender Messingtroll hat uns auch schon so genannt."

Der Messingtroll ist eine kleine Statue, die aussieht wie ein Briefbeschwerer. Leuchten die roten Edelsteinaugen, so bedeutet das: Alexa ruft. Hält man sein Ohr an das kleine Maul, flüstert er den Grund dafür.

Wir waren von Alexa einiges gewohnt. Was stand aber diesmal an? Hatte sie beschlossen, uns zu beschimpfen?

Seid gewarnt!

Die Kröte hob den Kopf und deutete auf Bix. „Für die fröhliche Riesenschildkröte stehen die Sterne besonders günstig. Ein großer Wunsch erfüllt sich.“

Bix strahlte über das ganze Gesicht. „Heißt das, Felix wird sich in Luft auflösen?“ An uns gerichtet sagte sie: „Er hat mir schon wieder Marmelade auf den Stuhl gestrichen und Zahnpasta in die Shampooflasche gefüllt.“

„Humbug, alles Humbug!“, brauste Alexa auf. „Ich habe mich verlesen. Die Sterne sagen, du wirst den Pickel auf dem Hinterteil los.“

So rot hatte ich Bix noch nie anlaufen sehen. „Woher weißt du …?“, stotterte sie sehr verlegen. Doch Alexa blieb ihr die Erklärung schuldig. Dafür wandte sie sich Krissi zu.

„Freches Stinktier ist dein Sternzeichen!“

„Nein!“, protestierte Krissi. „Ich bin Löwe. Darauf kannst du wetten.“

Sehr langsam blickte Alexa auf und fixierte Krissi durch das einzelne runde Brillenglas. „Einfach lächerlich, diese Namen, die ihr für Sternzeichen habt. Du bist ein freches Stinktier, und wenn du es nicht glaubst, dann werde ich dir etwas verpassen, das dich immer daran erinnern wird.“

Abwehrend hob Krissi beide Hände. „Ich glaub's, ich glaub's!“, versicherte sie schnell. Alexas Drohungen nehmen wir immer ernst. Es ist ihr zuzutrauen, dass Krissi auf einmal zu müffeln beginnt wie ein Stinktier.

Beschwörend ließ Alexa ihre Pfoten mit den Schwimmhäuten über dem Pergament kreisen. Es war übersät mit hellen Punkten, die aufleuchteten, wenn Alexas Pfoten darüberglitten. Außerdem waren da Kreise und andere geometrische Formen, auch mathematische Formeln. Viele der strahlenden Punkte waren in einem blassen Dunkelrot miteinander verbunden. Ich entdeckte ein Tier, das ein Stinktier sein konnte und das sich unter Alexas Beschwörung auf dem Pergament zu bewegen begann.

„Haarige Zeiten brechen an, sei gewarnt!“ Alexa sprach mit sehr ernster Stimme.

Krissi war auf einmal gar nicht mehr so quirlig wie sonst. Sie zupfte an ihren Haarsträhnen und jammerte leise: „Mam erlaubt mir nicht, die Haare ganz kurz zu schneiden und zu färben. Dabei hätte ich das so gerne.“

„Fetter Ochsenfrosch!“, rief Alexa salbungsvoll und blickte zwischen mir und dem runden Tier mit breitem Maul auf dem Pergament hin und her. „Dein Prinz wird kommen!“

Ich hielt die Luft an. Alexa wiederholte den Satz noch einmal und sagte dann: „In tiefster Not wirst du die Rettung sein.“

Was, um alles in der Welt, sollte das wieder bedeuten?

Bestimmt würde ich blaue Flecken auf den Armen bekommen. Von links hatte mich Krissi gepackt, von rechts Bix.

„Prinz Emanuel kommt“, flüsterten sie aufgeregt. „Das kann nur heißen, er wird dich besuchen.“

Ich bin nicht nur Karate-Vanessa, Grübel oder Krachbumm-Vanessa, sondern auch Vanessa mit dem Durchblick. Ich will immer den klaren Blick behalten und keine Kringel und

Schleifchen rundherum. Später will ich Forscherin werden und am liebsten etwas mit Chemie machen.

Da ich nicht so eine rosarote Brille aufhabe wie Krissi und auch keine Herzchen um meinen Kopf tanzen wie manchmal bei Bix, war ich in diesem Moment total verwirrt. Bitte, wie kann ein erfundener Prinz zu mir kommen?

Mein Vorsatz, mit Krissi und Bix über die Prinzensache zu reden, löste sich in dünnen Dunst auf. Besser, ich behielt mein Geheimnis doch für mich. Außerdem musste ich später noch einmal zu Alexa, aber allein, und sie genauer über ihre Vorhersage befragen.

Mit großer Wichtigkeit deutete Alexa auf das Pergament. „Mein Blick in die einzig wahren Sternzeichen irrt nie. Euch allen dreien sei gesagt, dass ihr schon nächste Woche auf eine Reise gehen werdet. Die Sterne haben es mir verraten."

Krissi schüttelte den Kopf. „Unmöglich. Es ist Schule und wir haben keine Ferien. Reise ausgeschlossen."

Alexa schlug mit der Faust auf den Boden. „Die Sterne irren nie, du kleines, ungläubiges,

naseweises Ungeheuer. Ich habe euch auch deshalb gerufen, weil in den Sternen etwas über euch und diese Reise steht."

Unruhig zuckte Bix' linkes Auge. „Was … was steht denn da? Doch nicht etwas Schlechtes?"

Nach einem tiefen Seufzer rückte Alexa den Turban zurecht: „Nicht gut, nicht schlecht. Aber seid nun gewarnt: Nicht alles ist so, wie es scheint. Und nicht alles ist wahr, was so klingt. Nicht jeder Werwolf will euch beißen, nicht jeder Vampir euer Blut saugen. Reißt die Maske vom Gesicht."

„Wem?", platzte Krissi heraus.

Alexa entfernte Totenkopf und Holzbein und das Pergament rollte sich mit einem scharfen Zischen zusammen.

„Das müsst ihr schon selbst herausfinden!", erwiderte Alexa geheimnisvoll. Düster fügte sie noch hinzu: „Doch seid gewarnt!"

Vielen Dank! Sie hatte es geschafft. Bix hatte Augenzittern, Krissi biss sich beim Nägelkauen fast die Finger ab und ich war überhaupt völlig durcheinander.

Ohne sich ihre Pfote vorzuhalten, gähnte Alexa. Wir blickten in einen gerippten, tiefen rosa Schlund. Halb torkelnd watschelte sie zu einem Puppenhimmelbett, kroch hinein und schloss die Vorhänge.

„Das war's!“, tönte es von dahinter, und damit wollte sie sagen, dass wir zu verschwinden hatten.

Bix öffnete den Mund, um noch etwas zu fragen, verzichtete dann aber doch darauf. Eine missmutige Alexa zu reizen war ungefähr so, wie an Brennnesseln zu lecken.

Sehr still verließen wir das Gewölbe, doch kaum hatte sich die violette Tür geschlossen, begannen Krissi und Bix gleichzeitig zu reden. Sie plapperten und plapperten, ohne der anderen zuzuhören. Das war ihre Art, sich zu beruhigen. Bei mir funktionierte das leider nicht. Ich war keine Plapper-Dampfmaschine, bei der nur ein Hebel umgelegt werden muss, um

den Überdruck loszuwerden. Ich war eben Grübel und in meinem Kopf drehten Gedanken unermüdlich ihre Runden. Immer und immer wieder.

Wie konnte ein erfundener Prinz zu mir kommen? Was sollte das bedeuten? Lügen hatten vielleicht gar keine kurzen Beine, sondern besonders lange.

Dick aufgetragen

Als ich wieder zu Hause war, holte ich mir als Erstes eine Flasche Milch aus dem Kühlschrank. Die brauche ich, um besser denken zu können. Da es sehr stickig in der Küche war, öffnete ich ein Fenster und sah auf der anderen Straßenseite den rettenden Engel. Er ging mit großen Schritten, wie gewöhnlich, und schleppte volle Einkaufstüten: Ben Till, der Freund von Bix' Mutter.

In diesen Tagen schossen die Ideen wie Blitze durch meinen Kopf. Ich startete los und hielt Ben auf. Es heißt doch „Not macht erfinderisch", und das stimmt wirklich. Unter dem Vorwand, ihn dringend etwas fragen zu müssen, lockte ich ihn zu uns ins Haus.

„Es geht um ein Geschenk für meine kleine Schwester Wanda", fing ich an zu flunkern. Vanessa zwei war wieder am Werk und ich –

Vanessa eins – hörte bewundernd zu. „Weißt du, sie ist ganz verrückt nach dem Buch, in dem es um dieses Mädchen geht, das auf einmal Prinzessin ist.“

Ben schenkte mir einen mitfühlenden Blick. „Akuter Anfall von Prinzessinneritis“, stellte er fest. Auf meiner Stirn muss ein Fragezeichen aufgeblinkt haben, denn er fuhr fort: „Ich habe auch eine kleine Schwester, und zwei Jahre lang hat sie nur Prinzessin gespielt. Daheim hat sie sogar eine Krone getragen und wir mussten sie mit Hoheit ansprechen, weil sie sonst Wutausbrüche bekommen und stundenlang gebrüllt hätte. Nicht sehr prinzessinnenhaft.“

Vanessa zwei seufzte und nickte voller Verständnis. „Ganz mein Schicksal“, hörte ich sie sagen. „Jedenfalls möchte ich Wanda so gerne königliches Briefpapier schenken.“

Vanessa zwei flunkerte frech drauflos und ich, Vanessa eins, bekam Angst, die Holzbalken in der Zimmerdecke könnten sich biegen.

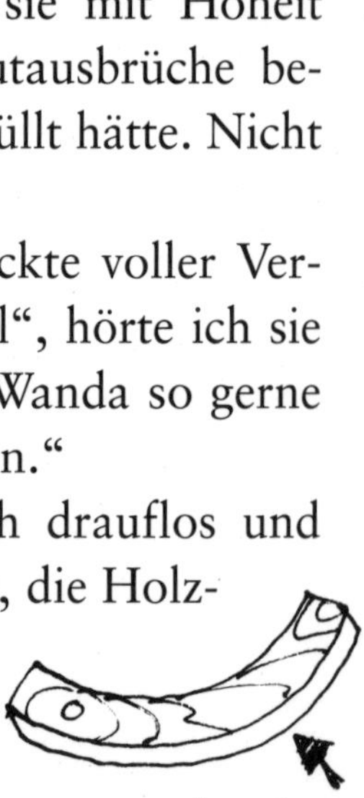

Ben wusste sofort, was ich meinte. „Oh, das muss richtig dickes, handgeschöpftes Papier sein, mit gerissenem Rand und einem geprägten Wappen oben in der Mitte." Er lehnte sich zurück und blickte in die Luft, als könnte er das Briefpapier dort sehen. Mit einem verschmitzten Funkeln in den Augen wandte er sich wieder mir zu. „Sollen wir nicht auch gleich Briefe an sie schreiben? Ich meine, so von Prinz zu Prinzessin?"

Hat man da noch Worte? Konnte Ben Gedanken lesen? Natürlich wollte ich nichts lieber als das.

„Wie lange hat die Angelegenheit Zeit?" erkundigte er sich.

„Ach, je schneller, desto besser", antwortete Vanessa zwei.

Der liebe, gute Ben sollte mit Nachnamen wirklich „Großartig" heißen. Er bot mir an, das Briefpapier und die Briefe auf der Stelle zu basteln. Ein paar Straßen weiter besitzt er einen kleinen Garten und ein Häuschen, in dem er arbeitet. Ben ist Grafiker und erfindet ständig Namenszüge für Firmen und witzige Symbole. Zum Beispiel zeichnete er einen Besen auf Beinen, der für eine Reinigungsfirma wirbt.

Meine Mutter dürfte nie in Bens Gartenhäuschen kommen. Für sie ist eine Socke auf dem

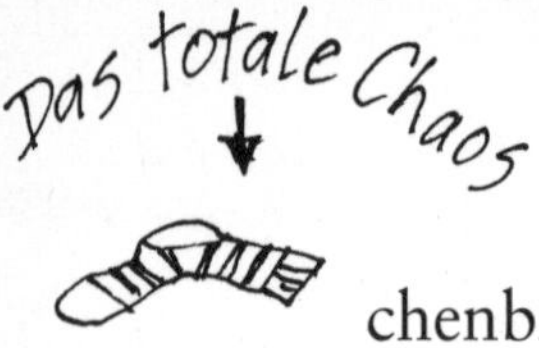

Boden schon „das totale Chaos“. Bei Ben aber lagen überall Zeichenblätter herum, sogar auf dem Herd. Ein offenes Glas Essiggurken stand auf seinem Arbeitstisch und daneben ein Glas Honig. Tunkt er die Essiggurken da vielleicht hinein? Nicht einmal Vanessa zwei traute sich das zu fragen, weil wir doch unbedingt das tolle Briefpapier wollten.

Um es kurz zu machen: Eine Stunde später zog ich mit vier Briefbögen wieder ab. Das Papier war fast so dick wie eine Holzplatte und fühlte sich sehr edel an.

Ben hatte ein Wappen mit einem Adler gebastelt, der in den Krallen eine brennende Fackel hält. Ich diktierte ihm, was aufs Papier sollte, und Ben schrieb mit einer echten Feder, die beim Schreiben kratzte und quietschte.

„Wie heißt deine kleine Schwester? Amanda, oder?“, wollte er von mir wissen.

Nein, natürlich durfte er nicht Wanda oben hinschreiben. Dann wäre das schöne prinzliche Briefpapier unbrauchbar gewesen.

„Sie heißt Wanda, aber am besten gefällt es ihr, wenn du einfach nur schreibst …“ Mir fiel nichts ein. Ich kann Karate und werde einmal als Chemikerin den Nobelpreis gewinnen, aber Liebesbriefe waren echt nicht meine Sache. Das Einzige, was mir in den Sinn kam, klang unheimlich kitschig. Selbst Vanessa zwei wurde rot, als sie es aussprach. „Meine herzallerliebste Angebetete!"

Ben, der mit gezückter Feder am Tisch saß, sah mich mit hochgezogenen Augenbrauen an.

„Das soll ich wirklich schreiben?"

Es war dick aufgetragen – zugegeben. Aber etwas anderes war mir auf die Schnelle nicht eingefallen.

„Wanda wird begeistert sein!", versicherte ich ihm.

Es war der einzige Brief, den Ben schrieb. Die anderen Bögen blieben leer, aber das war okay.

„Bitte keinem etwas verraten", schärfte ich Ben noch ein. „Wanda hört die Ameisen im Rasen krabbeln, aber es soll doch eine Überraschung für sie sein. Ich gebe ihr den Brief erst nächste Woche."

Da konnte ich mich auf Ben völlig verlassen. Er hielt bestimmt dicht.

Ich war also gerettet. Dachte ich wenigstens. Ich irrte mich kolossal.

Auf nach Zinkenbusch

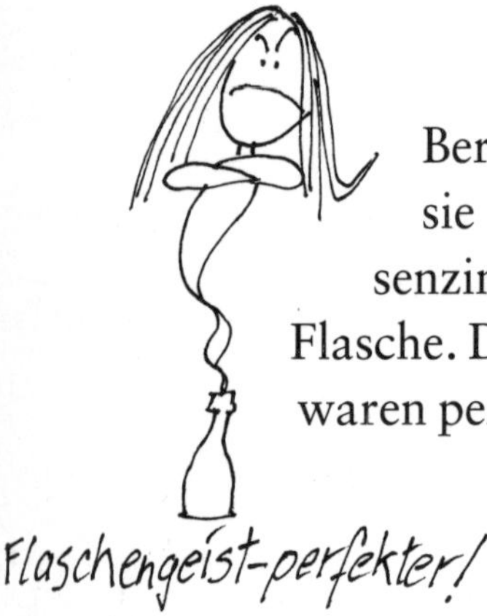

Bereits in der ersten Pause tauchte sie neben meinem Pult im Klassenzimmer auf wie der Geist aus der Flasche. Die perfekten schwarzen Haare waren perfekt glatt und schwangen perfekt, als Aurelia sie schwungvoll mit den Händen über die Schulter beförderte.

„Was ist? Bekommen wir einen dieser Briefe des Prinzen zu sehen?" In ihrer Frage war deutlich zu hören, dass sie keine Sekunde an Prinz Emanuel glaubte und nur darauf lauerte, mich endlich vor allen bloßstellen zu können.

Krissi und Bix schossen sofort herbei und Krissi maulte: „Wieso hast du uns den Brief noch nicht gezeigt? Wir sind doch deine besten Freundinnen."

Spitz bemerkte Aurelia: „Vielleicht hat sie gar keinen dabei?" Sie redete absichtlich laut, damit auch die restlichen Mädchen unserer Klasse angelockt wurden. Die Jungs ließ die Sache völlig kalt. Sie kickten lieber hinten bei der Garderobe eine leere Limodose herum.

Mein großer Moment war da und ich genoss den Triumph über Aurelia. Er war wirklich perfekt, das muss ich schon sagen. Feierlich bückte ich mich zu meinem Rucksack und zog behutsam die Mappe heraus, in die ich den kostbaren Brief gelegt hatte. Gierig wollte Aurelia danach greifen, aber ich zog die Mappe schnell zur Seite und sie fasste ins Leere. Ich öffnete selbst den Deckel und hielt den anderen den Brief entgegen wie ein uraltes Dokument von unschätzbarem Wert.

Krissi und Bix stießen mit den Köpfen zusammen, weil sie sich beide gleichzeitig schwungvoll vorbeugten.

Über mir konnte ich nur noch offene Münder sehen. Aurelias Nasenflügel bebten perfekt und ihre Lippen pressten sich zu einem perfekten Strich zusammen. Sie hatte Mühe, so zu tun, als wäre ihr der Brief völlig schnurzegal.

„Schreibt er immer so kurz?“ Das war das Einzige, was sie hervorbrachte.

Ein klein wenig hatte sie Recht. Es standen

Aurelia – die ach so Perfekte

nur ein paar Sätze auf dem dicken Briefpapier. Die Anrede ist ja schon bekannt und der Rest kommt hier.

Mädchen wie du sind so selten wie ein Diamant in der Wüste. Welches Glück, ein Juwel wie dich zu kennen. So viele Mädchen sind mir schon begegnet, aber keine hatte deine Klasse. Nichts wünsche ich mir mehr als ein Treffen mit dir.
Bis dahin grüßt dich in großer Bewunderung,
Emanuel Prinz von Salenstein

Gretchen zuckte die Schultern. „Ach, was soll das schon für ein Brieffreund sein? Ich meine, das sind doch nur zuckersüße Sätze."

Irgendwie war ich in diesen Tagen wirklich sehr gut drauf, denn ich antwortete: „Gretchen, da liegt immer noch ein richtiger Brief bei. Allerdings auf etwas dünnerem Briefpapier, weil der Postbote sonst zu viel zu schleppen hätte. Außerdem stehen dort Dinge drin, die ich euch bestimmt nie zu lesen geben würde."

Krissi schlug die Hand vor den Mund. „Echt? Vanessa, das hätte ich nie von dir gedacht. Voll abgefahren."

Die letzten Zweifel von Aurelia zerplatzten wie Seifenblasen. Was konnte sie noch sagen? Ihr fiel rein gar nichts mehr ein. Ihr perfektes Gesicht war auf einmal grau und hart, als hätte sie eine Betonmaske aufgesetzt.

Es läutete und alle mussten auf ihre Plätze zurück. In der zweiten Stunde hatten wir Geschichte bei Frau Schäfer. Mit einem Computer und einem Beamer unter dem Arm kam sie im Trippelschritt in unsere

Klasse geeilt. Ihre Mähne wird immer von einem breiten Stirnband nach hinten gehalten und zwei riesige runde Brillengläser verdecken die Hälfte ihres Gesichts.

Frau Schäfer blieb an der Tafel stehen und ihr Blick ging durch die Reihen.

„Freudige Nachrichten, freudige Nachrichten!“, rief sie und stellte die Last auf dem Lehrertisch ab.

Die Klassentür hatte sie offen gelassen und dafür gab es einen Grund. Unsere Direktorin, Frau Löblich, fegte nämlich herein wie ein Eisbrecher, der sich eine Fahrrinne durch das harte Packeis schlagen muss. Die Letzten, die noch quatschten, verstummten, denn Frau Löblich konnte sehr schnell sehr sauer werden.

Mit den Händen bedeutete sie uns, Platz zu nehmen.

„Frau Kollegin Schäfer hat euch eine gute Nachricht mitzuteilen!“, verkündete Frau Löblich singend. Als unsere Geschichtslehrerin den Mund öffnete, um etwas zu sagen, schnitt ihr die Direktorin aber gleich das Wort ab und redete selbst weiter. „Frau Schäfer hat vorgeschlagen, mit euch eine Klassenfahrt zu machen. Um Geschichte hautnah mitbekommen zu können, werdet ihr mit Frau Schäfer auf die Erlebnisburg Zinkenbusch fahren und dort drei Tage lang leben wie die Menschen vor fünfhundert Jahren."

Zinkenbusch?

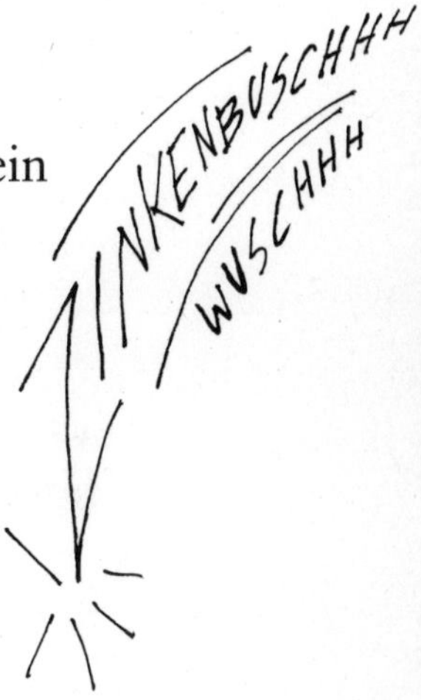

Der Ortsname traf mich wie ein glühender Blitz. Ich spürte, wie sich zahlreiche Köpfe in meine Richtung drehten. Könnten Blicke löchern, wäre ich in diesem Moment bestimmt ein Sieb geworden.

Vor meinen Augen tanzte auf einmal das Plakat, das seit ein paar Tagen in der Halle der Schule hängt. Es zeigt eine graue, lang gestreckte Burg und darüber steht in altmodischer, krakeliger Schrift:

Erlebnisburg Zinkenbusch

Daher stammte der Name, der mir so urplötzlich eingefallen war!

Frau Löblich fuhr fort: „Kollegin Schäfer hat mit der Leitung der Burg gesprochen, und da die Eröffnung erst in zwei Wochen stattfindet, hat man uns angeboten, kostenlos zu übernachten und zu essen. Ihr habt die Ehre, die Burg als erste Gäste besuchen zu dürfen.“

Meine Klassenkameraden begannen durcheinanderzureden. Alle waren begeistert. Lenni, der Grinser, lud tuschelnd und mit seinem gewöhnlichen Grunzen alle Jungs zu einer Gruselparty ein und plante schon, wie er uns Mädchen in Angst und Schrecken versetzen würde. Unter normalen Umständen hätte ich mit Krissi und Bix sofort angefangen, eine Gegenparty zu planen, bei der wir die Jungs das Fürchten lehren würden. Aber es waren keine normalen Umstände. Es war Katastrophenalarm für mich und höchste Aufregung bei allen Mädchen. Sie hatten nur noch ein Thema: Prinz Emanuel. Er wohnte doch ganz in der Nähe und bestimmt würde er sich die Gelegenheit nicht entgehen lassen, mich zu besuchen.

Krissi raunte mir von hinten ins Ohr: „Wehe, du triffst Emanuel heimlich. Wir wollen ihn alle sehen.“

Wieso war es mir noch nie gelungen, einen Trank zu mischen, der mich unsichtbar machte oder in Luft auflöste? So einen hätte ich jetzt dringend brauchen können. Bestimmt hätte ich eine halbe Badewanne voll davon getrunken.

Himmel und Hölle! Was sollte ich nur tun?

Die Frau Direktor klatschte in die Hände und verlangte Ruhe: „Selbstverständlich erwarte ich ein ausgezeichnetes Benehmen von euch allen. Sonst war das die letzte außerplanmäßige Klassenfahrt, die ihr jemals gemacht habt. Bereits am Montagmorgen geht es los. Abfahrt um acht Uhr vor der Schule."

Stumm stand Frau Schäfer neben der Direktorin und sah mit ihren hängenden Schultern und dem betrübten Blick wie ein Küken aus, das nass geworden war.

„Bitte, Frau Kollegin, jetzt sind Sie an der Reihe!", bot Frau Löblich an. Viel konnte Frau Schäfer aber nicht mehr sagen. Sie erzählte uns kurz von einem Rittermahl, bei dem statt mit Messer und Gabel mit den Händen gegessen werden durfte, und von Strohsäcken, auf denen

geschlafen werden musste. Viel Gelächter gab es, weil sie auch erwähnte, dass sogar Schweine und Kühe in den Räumen der Burg lebten, so wie früher in einer echten Ritterburg.

Vom Rest der Stunde bekam ich nichts mehr mit. In der großen Pause wollte ich sofort auf das Mädchenklo flüchten und mich dort einschließen. Perfekt schnell schnitt mir Aurelia aber den Weg ab. Wie eine Kobra kurz vorm Zubeißen bewegte sie sich hin und her.

„Das nenne ich aber Glück, nicht wahr?" Täuschte ich mich oder zischte sie auch wie eine Schlange? Es hätte mich nicht gewundert, wenn sie plötzlich noch ein paar Giftzähne ausgeklappt hätte. „Du wirst deinen Prinzen bestimmt treffen. Er *muss* dich einfach auf der Burg besuchen kommen. Oder ... gehört sie ihm vielleicht sogar? Wohnt er dort?"

Vanessa zwei war auf einmal so still. Also musste ich, Vanessa eins, einspringen. Leider klang ich bei Weitem nicht so überzeugend.

„Sehr bescheiden, die Familie. Und vielleicht sind sie auch gar nicht da." Mehr brachte ich nicht heraus.

„Wer wirklich den sehnlichen Wunsch hat, dich zu treffen, der reist bestimmt an, wenn du in seine Nähe kommst." Aurelia ließ nicht locker. Erst als ich wie beim Volleyball ein Täuschungsmanöver vollführte, schaffte ich es, mich an ihr vorbeizuschieben.

Doch dann waren auf einmal Bix und Krissi links und rechts neben mir und redeten auf mich ein.

„Du musst echt tierisch aufgeregt sein!", schwärmte Krissi. „Ich jedenfalls wäre es, wenn ich einem so besonderen Brieffreund endlich einmal Auge in Auge gegenüberstehen würde."

„Musst du einen Hofknicks vor ihm machen? Trägt er eine Krone? Ist er sehr fein angezogen? Du hast doch überhaupt keinen Rock oder so. In Hosen kannst du ihn unmöglich treffen!" Bix' Fragen und Tipps prasselten wie Hagel auf mich herunter.

Ich grübelte nur. Schließlich stand für mich fest, was geschehen musste.

Geheimbotschaft Nr. 3, vorne im Umschlag

Aber wie sollte ich das anstellen?

Mein Rettungsversuch

Meine Oma sagt oft: „Es gibt kein Unglück, in dem nicht ein Stückchen Glück steckt.“ Sie ist eine kluge Frau, meine Oma.

Das Glück ist ein Buch mit blaugrünem Einband und zwei goldenen Schlangen darauf, die sich um einen Stab wickeln. Der Titel des Buches lautet „Hallo Hausarzt“ und Mam schlägt in diesem Buch sofort nach, wenn eine von uns hustet, niest oder über Schmerzen in Bauch, Kopf, Hals oder Brust klagt. Unsere Mutter ist übervorsichtig und entdeckt in diesem Buch jedes Mal die schlimmsten Krankheiten. Natürlich alarmiert sie dann auf der Stelle Doktor Rochus, den echten lebenden Hausarzt. Er sollte am besten immer gleich mit Blaulicht anrücken. Während er uns untersucht, steht Mam neben ihm und redet ununterbrochen auf ihn ein. Sie erzählt von fünfzig Grad Fieber, von Furunkeln, aus denen Spinnen schlüpfen, und von roten

Dr. Rochus und unsere Fachmam

Flecken, die Löcher in die Haut fressen. Immer endet es damit, dass Doktor Rochus sich aufrichtet und endlich die Hörer des Stethoskops aus den Ohren zieht. Auch wenn er mit dem Gerät gar nicht unser Herz oder unsere Atemgeräusche abhört, lässt er die Stöpsel gern drin. Ich glaube, er schützt sich so vor Mams Vortrag. Jedenfalls richtet er sich immer auf und sagt: „Frau Reininghaus, das ist eine kleine Erkältung. Ich verschreibe Tee und Halswickel."

Dieses Nachschlagewerk von Mam war mir eingefallen und erschien mir als die letzte Rettung. Gleich nach der Schule zog ich mich in mein Zimmer zurück und behauptete, die längste Mathematik-Hausaufgabe der Welt machen zu müssen. Unter meiner Jacke hatte ich das Hausarzt-Buch aus dem Wohnzimmer geschmuggelt und hockte damit hinter meiner Zimmertür. Das ist ein alter Agententrick. Betritt jemand das Zimmer, befindet man sich in Deckung und kann nicht überrascht werden.

Seite für Seite las ich die Beschreibungen der Krankheiten und jedes Mal, wenn ich umblätterte, fühlte ich mich ein wenig schwächer und schlechter. Bald hatte ich das Gefühl, meine Beine seien zu dicken Tonnen angeschwollen und meine Finger taub. In meinen Ohren hörte ich ein Pfeifen, vor meinen Augen tanzten weiße Mäuse und in meinem Kopf schien ein Männchen zu hocken und mit einem schweren Hammer gegen meine Schädeldecke zu trommeln.

Schließlich hatte ich eine Krankheit entdeckt, die mir am besten geeignet erschien. Es musste mir nur noch gelingen, sie überzeugend vorzuspielen, und Mam würde mich unter keinen Umständen auf die Klassenfahrt schicken. Das wäre meine Rettung. Natürlich fand ich die

Vorstellung, nicht beim Ritteressen dabei zu sein und nicht mit Krissi und Bix die Jungs erschrecken zu können, scheußlich. Aber was tat man nicht alles, um seine Ehre zu retten.

Am Sonntagabend wollte ich mit dem Theater beginnen. Bis dahin konnte ich noch proben, damit mein Leiden auch wirklich überzeugend wäre.

Freitag und Samstag krochen dahin und ich litt gewaltig. Zum einen unter den Nachwirkungen vom Lesen in diesem Krankheitenbuch und zum anderen unter meinem schlechten Gewissen. Krissi und Bix hörten nicht auf, mich wegen Prinz Emanuel zu löchern, und es blieb mir nichts anderes übrig, als weiterzulügen. Also sagte ich mit ernster Miene: „Ja, ich habe ihm geschrieben, dass ich ganz in seiner Nähe sein werde. Hoffentlich bekommt er den Brief rechtzeitig. Die Telefonnummer oder E-Mail-Adresse habe ich leider nicht von ihm."

Aurelia tauchte in der ersten Pause am Freitag neben mir auf und flüsterte perfekt gemein: „Ich habe im Internet gesucht. Es gibt keinen einzigen Eintrag über einen Prinzen Emanuel von Salenstein. Wie kann das sein?"

Wieder bewahrheitete sich das Sprichwort meiner Oma. Im Schlechten steckt auch immer etwas Gutes. Früher, in den ersten Klassen, hatte ich mit der Rechtschreibung Probleme, weil mir die Buchstaben so oft durcheinander gerieten. Daran erinnerte ich mich nun und mit dem unschuldigsten Gesicht, das ich zustande brachte, erwiderte ich: „Wie hast du ihn geschrieben?“

Diese Frage kam für Aurelia unerwartet. „Wie man ihn spricht: S-a-l-e-n-s-t-e-i-n!“

Es gelang mir, bedauernd die Augenbrauen hochzuziehen. „So kannst du auch nichts finden. Der Name schreibt sich ganz anders.“

Bevor sie mich nach der richtigen Schreibweise fragen konnte, tat ich so, als müsste ich unbedingt mit Krissi reden, die gerade aus der Toilette kam. Wild winkte ich ihr zu, wie ich das sonst nie tun würde, und stürmte in ihre Richtung.

Nachmittags versteckte ich mich daheim und gab vor, lernen zu müssen. Mam war ein ausgezeichneter Wachhund, der Bix und Krissi, als sie klingelten, um mich zu einem Spaziergang abzuholen, erklärte, ich dürfe nicht gestört werden. Nur Minuten später traf eine Geheimbotschaft ein, in der die beiden sich erkundigten, ob ich Hausarrest hätte. Meine Antwort:

Geheimbotschaft Nr. 4, vorne im Umschlag

Damit hatte ich bestimmt das Mitleid der beiden. Sie kannten meine Mutter und wussten, was das bedeutete.

Beim Abschicken der Botschaft an Krissi mithilfe des Blasebalgs fühlte ich mich richtig elend. Dieses ständige Geflunkere ging mir auf den Geist, auf der anderen Seite aber war das elende Gefühl auch nicht schlecht, weil es mich schon auf meine Vorstellung am Sonntagabend einstimmte.

Die wichtigsten Symptome der Krankheit, die ich mir ausgesucht hatte, sind: totale Mattigkeit, große Traurigkeit und schreckliche Bauchkrämpfe. Laut Buch handelte es sich um ein Virus, das von einer tropischen Mücke übertragen wurde, die schon zweimal in einer Ladung Bananen eingeschleppt worden war. Ich hatte den Rat-

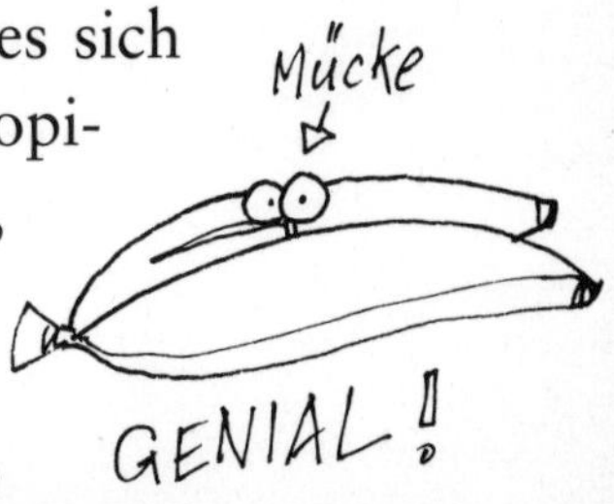

geber an der Stelle, an der alles darüber stand, stark aufgebogen, sodass die Seiten von allein auseinanderfielen und meine Mam sofort darauf stoßen würde.

Schließlich war es so weit. Ich hatte die Stunde vor dem Schlafengehen ausgewählt, um mit meiner Vorstellung zu beginnen. Damit kein Verdacht aufkam, hatte ich brav mit Mam meinen Rucksack und die Reisetasche für die Klassenfahrt gepackt. Beides stand in der Diele bereit und keiner ahnte, dass die Taschen das Haus nicht verlassen würden.

Halb neun Uhr erschien mir als ausgezeichneter Zeitpunkt. Dr. Rochus war meistens nur bis acht Uhr erreichbar. Mam würde bis zum nächsten Tag warten müssen, weil sie ihn erst wieder um acht Uhr am Morgen anrufen und zu mir bestellen konnte. Bis dahin würde sie an meinem Bett wachen.

Die Abfahrt des Busses von der Schule war aber schon um acht Uhr, und so war es unmöglich, sie *nicht* zu versäumen.

Vor dem Spiegel hatte ich einen Gesichtsausdruck geübt, als wären meine Wellensittiche – Nummer eins bis fünf – auf einmal gestorben. Meine Haare hatte ich mit Körpermilch einge-

Das musste ich festhalten – war schließlich viel Arbeit!

fettet, damit sie herabhingen und nicht so fröhlich vom Kopf wegstanden. Die Hände auf den Bauch gepresst, wankte ich die Treppe hinunter. Ich muss ausgesehen haben wie ein angeschossener Cowboy.

Gerade als ich am Telefon vorbeiging, klingelte es. Es ist so ein tragbares Ding und auf der Anzeige stand Krissis Nummer. Sie sollte als Erste die schreckliche Nachricht von meiner Krankheit erhalten und sie morgen allen in der Klasse erzählen. Einen besseren Boten hätte ich mir nicht auswählen können. Deshalb blieb ich stehen und hob ab. Kaum hatte ich mich

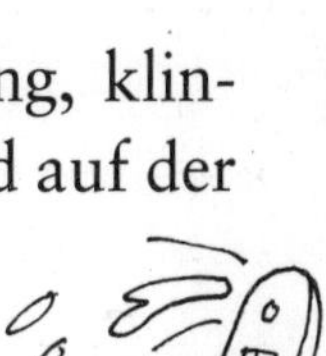

gemeldet, begann Krissi auf mich einzureden. Ich hatte keine Chance, ihr auch nur ansatzweise von meinen fürchterlichen Qualen zu erzählen.

Nach einer halben Minute fühlte ich mich wirklich schwach. Meine Beine waren wie aus dem Gummischleim, den Felix so gerne benutzte, um Bix zu erschrecken. Mam, die aus dem Wohnzimmer trat, weil wir um diese Zeit eigentlich nicht mehr telefonieren dürfen, hatte sofort ihre Sorgenfalte über der Nase und fragte: „Vanessa, Kind, du bist ja schneeweiß im Gesicht. Alles in Ordnung bei dir?"

Noch immer prasselte Krissis wütende Stimme aus dem Hörer in mein Ohr. Ich konnte mich nicht erinnern, sie jemals so zornig erlebt zu haben. Sie benutzte Schimpfwörter, die ich jetzt lieber nicht aufschreibe.

Ben hatte Bix von dem prinzlichen Briefpapier erzählt, das er für mich gebastelt hatte. Selbst Bix, die manchmal eine lange Leitung hat, wusste sofort Bescheid und raste zu Krissi, um ihr alles zu berichten. Sie stand während des Telefonats neben ihr und redete von der Seite immer wieder rein. Voller Empörung schimpfte sie über mich und meine Lügen. Einmal nahm sie Krissi sogar den Hörer aus der Hand und ich spürte fast ihre Spucke am Ohr.

„Du willst eine Freundin sein? Eine Lügnerin bist du! Eine Betrügerin! Mit besten Freundinnen macht man das nicht."

Danach kam Krissi wieder an die Reihe.

„Falls es ein Streich sein sollte, den du Aurelia spielen wolltest, dann war er saudumm. Das heißt, keine Sau ist so dumm wie du. Solche Streiche sind nur lustig, wenn wir davon wissen. Oder wolltest du einfach nur angeben?"

Und dann kündigten sie mir beide die Freundschaft.

„Du hast einmal zwei Freundinnen gehabt!", keifte Krissi in den Hörer.

„Vergiss uns!", giftete Bix mich an.

„Für immer!", setzte Krissi noch eins drauf.

Danach war nur noch Tuten zu hören, weil sie aufgelegt hatten.

„Schätzchen, Vanessa, Liebes, was ist denn?", fragte Mam.

Sie stellt solche Fragen wie ein CD-Player, der hängen geblieben ist und immer dieselbe Stelle abspielt.

„Mir ist so schlecht!", jammerte ich, und das war keine Lüge.

Bohrende Blicke

Ich hatte alles vergessen, was ich vorspielen wollte. Mam brachte mich in mein Zimmer, blieb bei mir, während ich mich auszog, bestand auf Zähneputzen und steckte mich ins Bett. Dann wurde Fieber gemessen, und da ich keine erhöhte Temperatur hatte, schrieb Mam alles nur der Aufregung vor der bevorstehenden Klassenfahrt zu. Sie erzählte mir ausführlich, wie auch sie als Mädchen immer unruhig gewesen war. So besorgt und lieb war sie zu mir, und ich konnte sie nicht einmal dankbar anlächeln.

Was für eine schreckliche Nacht!

Ich schickte drei Geheimbotschaften an Krissi, bekam aber keine Antwort. Ich glaube, Krissi hat die Nachrichten gar nicht angesehen.

Am Morgen sah ich elend aus. Grau wie ein Pflasterstein, mit ganz dunklen Ringen unter den

Augen. Es kam mir vor, als hätte ich höchstens eine halbe Stunde geschlafen.

Der Montagmorgen ist immer sehr wirbelig bei uns daheim. Paps wird hektisch, weil er ab acht Uhr Besprechungen hat, die ihn alle aufregen. Meine kleine Schwester Wanda hat in der ersten Stunde Flötenunterricht und muss beim Frühstück noch üben, weil sie von der Lehrerin unbedingt ein goldenes Sternchen zur Belohnung will, und meine große Schwester Susanna kriegt die Krise, weil sie am Wochenende wieder eine Hausaufgabe vergessen hat, die sie sich jetzt von einer Freundin beschaffen muss. Mam steht über dem Chaos wie ein Löwenbändiger und schafft es immer, uns alle rechtzeitig mit Frühstück vollzustopfen und aus dem Haus in die richtige Richtung zu schubsen. Paps hatte an diesem Morgen den Auftrag, mich zur Schule zu fahren und Frau Schäfer zu übergeben.

Niemand interessierte sich für meinen bedauernswerten Zustand. Ich hätte die Pest haben können und keinem wäre es aufgefallen.

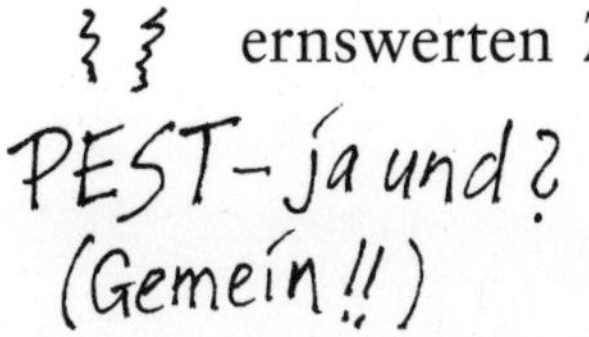

An diesem Morgen herrschte Stau in allen Straßen und Paps gab Flüche von sich, die ich ihm niemals zugetraut hätte. Ein wenig hoffte ich, wir würden die Abfahrt des Busses verpassen und ich wäre doch noch gerettet, aber ich freute mich zu früh. Eine Minute vor acht Uhr trat Paps auf die Bremse und hielt neben dem Bus. Da ich nicht gleich ausstieg, sprang er vom Fahrersitz, wuchtete mein Gepäck aus dem Kofferraum und öffnete mir die Tür wie ein echter Chauffeur.

Sofort kam Frau Schäfer angeflattert und musterte mich über den Rand der Eulenbrille. „Husch, husch, einsteigen, Vanessa. Du bist die Letzte. Deine Freundinnen sitzen schon drin. Krissi und Bix haben dir bestimmt einen Platz frei gehalten."

Während sich Paps für die Verspätung entschuldigte, steuerte er mich an den Schultern auf die Bustür zu und zwang mich mit sanftem Druck, die drei steilen Stufen nach oben zu steigen. Er musste schnellstens ins Büro, hatte von Mam aber den Auftrag, so lange zu bleiben, bis ich wirklich eingestiegen war.

Im Bus empfingen mich zweiunddreißig Augenpaare. Alle waren auf mich gerichtet und

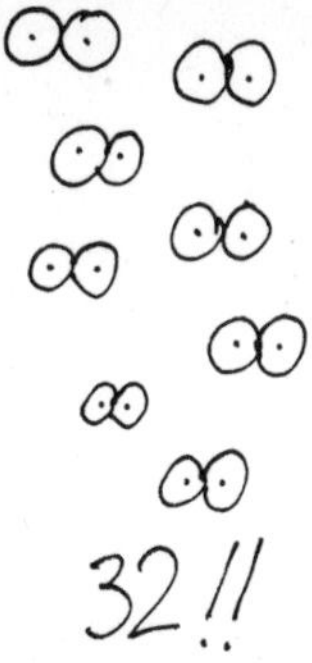

ich hatte das Gefühl, alle wussten schon, was ich für eine elende Lügnerin war. Der Rückweg wurde mir von Frau Schäfer abgeschnitten, die sportlich hochgehüpft kam und dem Fahrer das Zeichen zur Abfahrt gab. Zischend schloss sich die Tür. Vor der Scheibe ragte ein Wald von winkenden Elternarmen auf.

Meine Klassenkameraden winkten zurück und Lenni rief seiner Mutter zu: „In drei Tagen bin ich zurück, falls mich nicht die Schlossgespenster fressen."

Eine Stimme antwortete: „Nö, die wollen sich doch nicht den Magen verderben."

Ein anderes Mädchen krähte laut: „Hoffentlich gibt es ein Verlies, in dem wir dich verschwinden lassen können."

Krissi und Bix saßen in der vierten Reihe. Sie hatten die Köpfe zur Seite gedreht, als wären sie zu Salzsäulen erstarrt.

Weder in der Reihe vor ihnen noch neben ihnen oder hinter ihnen war ein Platz frei.

„Setz dich bitte hin, Vanessa!", befahl Frau Schäfer.

Es war nur noch ein Platz frei. Vier Sitzreihen hinter meinen früheren Freundinnen und ausgerechnet neben Lenni, dem Grinser. Auffordernd klopfte er mit der Hand auf den Sitz und rief: „Kumpel, hier bist du richtig."

Rund um Lenni saßen nur Jungen. Die Mädchen können ihn nicht riechen, weil er vor zwei Jahren eine Meisterschaft veranstaltet hat, bei der aus Nasenpopeln Figuren gemacht werden mussten. Außerdem hatte Aurelia ihn für total uncool und perfekt unreif erklärt. Deshalb wird Lenni auch niemals zu einer Party eingeladen, die ein Mädchen gibt. Ihm scheint das aber wenig auszumachen. Einige Jungs aus der Klasse finden Lenni und seine Ideen nämlich oberhammermäßig cool und bleiben in seiner Nähe, weil sie wissen, dass sie dann immer was zu lachen haben.

Der Busfahrer war einer von der schwungvollen Sorte. Er nahm die Kurve so, als säße er auf einem Motorrad. Ich musste mich gar nicht mehr neben Lenni setzen, ich wurde regelrecht auf den Sitz geschleudert.

„Willkommen neben dem besten Busbankpartner der Welt“, begrüßte er mich grinsend. „Wir planen gerade eine Meisterschaft im laut Rülpsen. Möchtest du auch auf die Teilnehmerliste gesetzt werden?“

Ich fühlte mich hin- und hergerissen. Da war auf der einen Seite Vanessa, die Wohlerzogene, die Brieffreundin eines Prinzen, den es nicht gab und von dessen Nichtvorhandensein schon in Kürze alle erfahren würden, und auf der anderen Seite Vanessa, die nicht nur grübelt, sondern auch gerne Krawumm macht oder den Jungs zeigt, wo es langgeht. Bix’ kleines Brudermonster Felix brachte ich einmal für geschlagene drei Stunden völlig zum Verstummen. Dieses Wunder vollbrachte ich mit einem Explosionsrülpser. Felix blieb vor Staunen der Mund offen stehen und ich stieg in seiner Achtung bis zum Mond.

Nun blinzelte ich ziemlich besorgt zu meinen früheren Freundinnen. Ob sie es schon allen mitgeteilt hatten? Wusste Aurelia schon von der Lüge und plante bereits die perfekte Aktion, um mich total lächerlich zu machen?

Zwei Reihen vor mir sah ich perfekt hochgebundenes glänzendes schwarzes Haar, das nur Aurelia gehören konnte. Sie lehnte sich über den Sitz zurück und wandte sich mir zu.

Mein Herzschlag setzte aus. Nicht einmal atmen konnte ich, nur meine Schweißdrüsen funktionierten und stießen jede Menge Flüssigkeit aus.

Durch den Lärm des Busmotors rief mir Aurelia zu: „Hast du ihn erreicht? Wann kommt er? Oder fährst du zu ihm? Bist du zu einem Essen geladen? Dann musst du unbedingt Fotos machen." Sie schwenkte eine kleine Kamera an einer grauen Tragschlaufe.

War das jetzt eine gute oder eine schlechte Neuigkeit? Aurelia hatte also noch nicht erfahren, wie es um Prinz Emanuel in Wirklichkeit stand. Schlecht war, dass sie einen Beweis wollte, den ich niemals erbringen konnte.

Meine Qual würde echt in die Länge gezogen werden. Ich begann zu ahnen, wie sich wohl ein Folteropfer auf der Streckbank gefühlt haben musste, wenn die knackenden Räder Stufe für Stufe weitergedreht wurden und der Schmerz immer heftiger wurde.

So allein, so klein, so hilflos und verzweifelt hatte ich mich noch nie in meinem Leben gefühlt. Hätte Lenni seinen Arm um meine Schultern gelegt, ich hätte ihn nicht weggeschubst.

„Was ist mit Rülpsen?“, bohrte er neben mir weiter und grinste mich auffordernd an. Seine Augenbrauen zuckten erwartungsvoll.

„Bin außer Übung“, erwiderte ich schwach. „Aber ich überleg es mir.“

Zu meiner Erleichterung gab er sich mit dieser Ausrede zufrieden.

Die Fahrt dauerte fast fünf Stunden. Bestimmt hätten wir es auch in vier Stunden geschafft, aber Bix wurde dreimal schlecht und der Bus musste anhalten. Sie hechtete jedes Mal hinaus und verschwand hinter den Büschen, um bald darauf wieder mit Schulterzucken zurückzukehren. „Falscher Alarm“, meldete sie jedes Mal entschuldigend.

Endlich hatten wir es geschafft. Unter den Busrädern knirschte der Kies der Zufahrt zur Burg. Die langen Mauern und die Türme und Erker auf der Hügelkuppe hatten etwas vom Rücken eines schlafenden Drachen.

„Im Mittelalter diente sie als Behausung für Raubritter, die in den Wäldern Reisende beraubt haben und sogar zu ausgedehnten Schatzzügen aufgebrochen sind. Und Zinkenbusch ging als ein Ort des Bösen in die Geschichte ein“, erzählte Frau Schäfer über die Lautsprecher.

Dieses Schicksal sollte sich nun wiederholen. Im neuen Jahrtausend und mit mir als Opfer. Burg Zinkenbusch würde für mich der Ort meiner schlimmsten Niederlage werden, ein Ort des Bösen, wo ich in der Dunkelheit versinken würde, die sich über Mädchen legt, mit denen in der Klasse nie wieder jemand auch nur ein einziges Wort wechseln würde. (Außer vielleicht Frida mit der Zahnspange, mit der zurzeit keiner redet.)

Eiskalter Hauch

Nach dem Aussteigen streckten sich erst mal alle. Dann zogen wir unsere Taschen und Rucksäcke aus dem Gepäckraum und marschierten damit über eine lange Holzbrücke und durch einen spitzen Torbogen in den Innenhof der Burg.

Rund um uns ragten nackte Steinmauern auf, als wollten sie den Himmel kratzen. Mir kam es sogar so vor, als würden sie sich leicht nach innen beugen, um mich demnächst unter sich zu begraben.

Im größten Holztor der Burg wurde eine kleine Tür geöffnet. Eine Mischung aus schrillem Quietschen und tiefem Knarzen ertönte. Alle drehten sich in die Richtung, aus der das Geräusch kam, und wir sahen einen Mann, der mit seinem Körper die ganze Türöffnung ausfüllte. Er war eckig, vom Schädel bis

Der Burgherr!

zu den Lederstiefeln, und trug – obwohl fast Sommer war – eine dicke graubraune Wolljacke und eine lange Hose aus grobem Stoff, die die Farbe von Schlamm hatte.

„Ist das ein Neandertaler?“, fragte Lenni halblaut.

Ganz so Unrecht hatte er nicht. Die Augen des Mannes lagen in tiefen Höhlen unter einem dicken Stirnwulst, auf dem zottige Augenbrauen wucherten.

„Nein, ich bin kein Neandertaler!“, donnerte es von der Tür. Selbst Lenni verging bei dieser Stimme das Grinsen. Es hätte mich nicht gewundert, wenn ein paar Schindeln vom Dach gefallen wären. „Ich bin Richard von Zinkenbusch, der Burgherr. Ich begrüße euch."

Frau Schäfer schob sich zwischen uns durch und ging mit vorgestreckter Hand auf Herrn von Zinkenbusch zu. „Elvira Schäfer, die Lehrerin dieser Rasselbande. Wir haben miteinander telefoniert."

Der Burgherr musterte sie von der wilden Haarmähne bis zu den funkelnagelneuen Sportschuhen, als müsste er noch überlegen, ob sie überhaupt eintreten dürfe. Völlig unerwartet stieß er dann die eigene Hand vor und Frau Schäfer wich mit einem unterdrückten Aufschrei zurück. Der dicke Arm war ihr wohl wie ein Rammbock erschienen, der sie aus ihren Schuhen heben wollte. Mit einem dünnen, verlegenen Lächeln schlug sie in die offene Hand ein, die die Größe einer Kohlenschaufel hatte.

Gleich darauf ging sie in die Knie. Herr von Zinkenbusch schien einen kräftigen Händedruck zu haben.

Seine kleinen dunklen Augen wanderten über

ihre Schulter zu uns. Diesmal standen wohl wir auf dem Prüfstand.

Nur komisch, dass ich auch Blicke auf meinem Rücken spürte. Ich kann das fühlen, wenn ich von hinten beobachtet werde. Das ist dann so, als würde jemand kleine Pfeile auf meine Schulterblätter abschießen. Konnten mich die Augen des Burgherrn durchbohren? Oder …?

Schnell drehte ich mich um, doch dort stand niemand. Der Rest der Klasse befand sich vor

mir. Ich sah durch den Torbogen nur den Bus und über dem Torbogen in den Burgmauern kleine dunkle Fensteröffnungen. Beobachtete uns von dort oben jemand? Ich konnte niemanden sehen. Langsam drehte ich mich nach vorn und sofort war das Stechen im Rücken wieder da. Mit einem Ruck schnellte ich wieder herum, entdeckte aber nichts und niemanden. Nicht einmal eine Katze, die auf einem Fensterbrett schnurrte.

Unser Hausarzt hätte bestimmt was von „überreizten Nerven“ gesagt, die mit Baldrian und Kamillentee zu behandeln wären.

„Ich stelle Ihnen Ihre Gäste vor“, hörte ich vor mir Frau Schäfer laut und bestimmt sagen.

Sie eilte zu uns Schülern zurück und schob einen nach dem anderen an den Schultern einen Schritt vor, nannte den Namen und machte dazu Bemerkungen wie: „Unser Klassenbester!“, „Unsere beste Leichtathletin“ oder „Ein großes Maltalent.“

Als sie Bix und Krissi zu fassen bekam, sah sich Frau Schäfer suchend um, entdeckte mich hinter Lenni und wedelte ungeduldig mit der Hand: „Vanessa, komm schnell, du gehörst ja hier dazu.“

Meine früheren Freundinnen erstarrten, als wären sie schockgefroren worden. Meine eigenen Beine staksten von allein los, etwa so steif und eckig wie ein Roboter, der schon lange nicht geölt worden war. Ich kam neben Krissi zu stehen, die die Arme fester an den Körper presste, um mich auf keinen Fall zu berühren.

„Unsere drei Unzertrennlichen: Bix, Vanessa und Krissi“, erklärte Frau Schäfer dem Burgherrn. „Ein Musterbeispiel an Freundschaft, muss ich schon sagen.“

Wir drei schwiegen, starrten geradeaus, wichen dem strengen Blick von Richard von Zinkenbusch aus und hofften, dass dieser schaurig peinliche Moment schnell vorbeigehen möge.

„Ach, und das ist Lenni, unser Klassenclown!“ Während Frau Schäfer ihre Arme noch so um unsere Schultern geschlungen hatte, dass wir nicht wegkonnten, winkte sie Lenni mit dem Kopf nach vorn. So schrecklich unangenehm, wie Mütter das auch manchmal tun, sagte sie mit gesenkter Verschwörerstimme: „Ich habe das Gefühl, Vanessa und Lenni verstehen sich auch nicht schlecht. Oder irre ich mich?“

Unsere Geschichtslehrerin musste Arme haben wie ein Octopus. Sie wurden immer länger, fingen auch noch Lenni ein und pressten ihn seitlich an meinen Oberarm. Wir müssen ausgesehen haben wie vier Holzscheite, so steif und starr.

Richard von Zinkenbusch verschränkte die Arme auf dem Rücken und trat auf uns zu. Ein Auge zusammengekniffen, ließ er das andere zwischen Lenni und mir hin und her wandern.

„Haben wir da ein kleines Liebespaar?“

Vor Empörung hätte ich ihm gerne meinen

Lieblingswurf vorgeführt, den unser Karatelehrer nur in allergrößten Notlagen erlaubt.

War das ein Gekicher und Getuschel rund um uns! Krissi entwand sich dem Griff von Frau Schäfer und knurrte: „Ist das vielleicht ekelig. Ich will nach Hause.“

„Und da haben wir eine kleine Kratzbürste!“, scherzte der Burgherr weiter.

Plötzlich spürte ich einen Luftzug an meiner Wange. Eine eisige Kälte kroch durch jede Pore meiner Haut und ich musste mich schütteln.

„Na, na! So widerlich bin ich doch nun auch nicht!“, protestierte Lenni scherzhaft und trat zur Seite.

Verwirrt riss ich meinen Kopf erst nach links, dann nach rechts, weil ich nach einer Ursache für den frostigen Windstoß suchte. Es gab aber keine. Wir standen fast genau in der Mitte des siebeneckigen Hofes und hinter uns waren Aurelia und ihr Fanclub. Wir alle trugen T-Shirts mit kurzen Ärmeln und einige sogar Shorts. Es war ein warmer Tag, und eine so eisige Kälte kam mir sonst höchstens entgegen, wenn ich mir ein Eis aus dem Tiefkühlfach holte.

„Ich zeige euch jetzt eure Schlafkammern“, verkündete Richard von Zinkenbusch brummig und stapfte durch die niedrige Tür im großen Tor. Frau Schäfer scheuchte uns hinterher wie eine Schar Gänse.

So betraten wir den höchsten Raum, den ich jemals gesehen habe. Es war mehr ein Turm mit Wänden, die teilweise halbrund, teilweise gerade oder eckig waren. Nach oben führte im Zickzack eine Holztreppe, die links und rechts mit breiten geschnitzten Geländern gesichert war. Es gab dunkle Löcher in den Mauern, hinter denen sich wohl Gänge befanden, die das spärliche Licht schluckten.

Diesmal fröstelten alle. Um mich zu wärmen, schlang ich die Arme um meinen Oberkörper und rubbelte über die nackte Haut. Ich war nicht die Einzige, die das tat. Es roch rauchig und nach feuchtem Keller.

Quer über den Anfang der Treppe war eine Kette mit dicken, schweren Gliedern gespannt. Mit Klebeband war ein Stück Pappkarton daran befestigt, auf dem mit breitem Filzstift geschrieben stand: *Betreten lebensgefährlich und verboten!*

Mit finsterer Miene deutete Herr von Zinkenbusch darauf und sprach die Warnung laut aus: „Wagt es nicht, auch nur den kleinen Zeh auf die erste Stufe zu setzen. Haben wir uns verstanden?“

„Bricht das Ding ein?“, feixte Lenni. „Oder haust dort oben der Burggeist, der nicht gestört werden darf?“

Die einzige Antwort, die er bekam, war ein frostiger Blick unter Augenbrauen, die zu einem haarigen Büschel zusammengezogen waren. Lenni zuckte zusammen und brachte nicht einmal ein Grinsen zustande.

Schließlich wandte sich Herr von Zinkenbusch doch wieder von Lenni ab und fasste nach einer Lanze, die an der Wand lehnte. Wollte er Lenni damit etwa aufspießen?

„Mir nach!“ Der Burgherr hob die Waffe über den Kopf. „Alle bleiben dicht hinter mir. Es haben sich schon einige in den Gängen verlaufen und sind nie wieder zurückgekehrt.“

Aurelia blähte die Nasenflügel. „Der Typ hält sich wohl für besonders witzig.“

Gretchen verkündete in die Runde: „Gehört

alles zur Show. Ich kenne das. Ich war schon in Amerika in mehreren Abenteuerparks. Dort geht es auch so zu. Natürlich alles nur erfunden, um noch mehr Geld aus den Leuten zu pressen. Sagt meine Mutter jedenfalls immer."

Artig trotteten alle hinter dem Burgherrn her. Mit Ausnahme von mir. Der Turm faszinierte mich sehr und ich stand noch immer an der gleichen Stelle, den Kopf in den Nacken gelegt. Auch nach oben wurde es und düsterer und eine Decke oder ein Dachgebälk waren nicht zu sehen.

„Vanessa!", hörte ich Frau Schäfer rufen. Ich war als Letzte in der seltsamen Halle zurückgeblieben. Als ich auf den Gang zulief, aus dem mir unsere Lehrerin zuwinkte, fiel mir ein geschnitzter Stuhl aus fast schwarzem Holz auf. Er stand an die Wand gerückt, besaß eine überhohe breite Lehne und wuchtige Armstützen. Zusammengesunken kauerte jemand darin, der von niemandem bemerkt worden war. Zu sehen waren nur viele Wolltücher, die um einen dürren Körper gewickelt waren, und zwei Beine, die dünn wie Spaghetti waren und in grob gestrickten Strümpfen steckten. Oben aus den Wolltüchern guckte ein winzigkleiner Kopf, von dem graue Haarsträhnen abstanden wie Federn.

Was für ein zerknittertes Gesicht! Es bestand fast nur aus Falten und Furchen, zwischen denen zwei wässrige Augen hervorsahen.

„Ha… hallo!“ Mehr brachte ich nicht heraus. Ich hatte das Gefühl, einer lebenden Mumie gegenüberzustehen, die wie ich fror.

Ein zahnloser Mund öffnete sich: „Er wird dich mögen. Du wirst ihm gefallen.“

War die Alte verrückt?

Sie hob langsam den Kopf und ich folgte ihrem Blick. Er war auf ein Gemälde mit breitem, staubigem Goldrahmen gerichtet. Die Farben des Ölbildes hatten vielleicht einmal geleuchtet, doch das war bestimmt sehr lange her. Ich konnte im schummrigen Licht nur eine Frauengestalt erkennen, die in braunem Nebel zu stehen schien. Der Stoff ihres Kleides floss an ihrem Körper herab und ließ sie aussehen wie eine Märchenfee.

Erst jetzt fielen mir die großen Fackeln auf, die in eisernen Halterungen an der Wand angebracht waren. Sie ließen orangerotes Licht auf den Mauern tanzen, in dem die Frau wie lebendig wirkte.

„Reiß ihm die Maske vom Gesicht. Das rate ich dir!" Die Alte hatte belehrend einen langen, knotigen Finger erhoben.

Frau Schäfer kam zurück und packte mich am Arm. „Vanessa, komm endlich!"

Immer noch musste ich die alte Frau ansehen, die vor sich hin nickte und ein Lächeln im Gesicht hatte.

Reiß ihm die Maske vom Gesicht? Hatte ich diesen Satz nicht erst vor Kurzem gehört? Hatte mir Alexa nicht etwas ganz Ähnliches geraten?

Maske? Maske?
Wieso Maske?!

Meine Freundin, die Schlange

In unserem Schlafsaal war sicher noch nie gesaugt worden. Bestimmt wurde hier auch niemals Staub gewischt und der Boden war ganz sicher noch nicht geputzt worden. Viel hätte ich dafür gegeben, Mams Gesicht zu sehen, wenn sie den Raum betreten hätte.

Es war ein Stall.

Vorstellen kann man sich das so: Ein langer, schmaler Saal mit kleinen Fensterluken. Der Steinboden war von einer dicken Schicht gelbem Stroh bedeckt und die Betten bestanden aus Jutesäcken, die mit Heu gefüllt waren, und kratzigen Decken aus einer Wolle, die wahrscheinlich vom Igel oder Stachelschwein stammte.

Das war aber noch nicht alles!

Nur eine Hälfte des Raumes war nämlich für uns Schüler bestimmt. Die andere Hälfte war mit einem niedrigen Holzzaun abgetrennt. Dahinter tummelten sich grunzende Schweine und vier Kühe. Eine ließ, als ich von Frau Schäfer in den Saal geführt wurde, gerade einen breiten Kuhfladen fallen. Es klatschte und das stinkende Zeug spritzte nach allen Seiten. Gleichzeitig roch es, als hätten die Jungen eine ganze Packung Stinkbomben fallen gelassen.

Die anderen Mädchen standen an die Wand gepresst und starrten die Tiere an, als wollten sie sie hypnotisieren. In den wenigen Sonnenstrahlen, die durch die kleinen Luken fielen, tanzte der Staub.

Der Burgherr nickte zufrieden. „Vor allem im Winter waren die Burgbewohner froh, ihre Räume mit den Tieren zu teilen. Die Kühe waren eine Art lebende Heizung."

Aurelia hielt sich mit spitzen Fingern die Nase zu, wie das nur wirklich perfekt dämliche Mädchen tun, wenn sie im Schwimmbad ins Wasser springen. Wie mit einem schlimmen Schnupfen näselte sie: „Und wie haben sie den entsetzlichen Gestank ertragen?"

In der Zimmertür tauchte Lenni auf, stützte die Hände lässig links und rechts gegen das rissige Holz des Türrahmens und verkündete mit einem Grinsen, das von einem Ohr zum anderen reichte: „Mädels, regt euch ab. Schon die Pipibox gesehen?“ Er meinte damit die Toilette. „Ist nur ein Sitz mit Loch und darunter geht’s zwanzig Meter in die Tiefe. Da weht einem richtig der Wind um den Arsch.“

Den "Arsch" trau ich mich nicht.

„Leonard!“, fuhr Frau Schäfer dazwischen. „Dieses Wort will ich hier nicht hören.“

„Haben die Ritter aber bestimmt benutzt!“, verteidigte sich Lenni schmollend.

„Mittagessen in der Burgküche, Abendessen im Rittersaal!“, schnarrte Richard von Zinkenbusch und schlurfte davon.

„Halt!“ Aurelia lief ihm nach und zupfte ihn an der Wolljacke. „Sie kennen doch bestimmt die anderen Blaublüter der Umgebung.“

Der Burgbesitzer rümpfte fragend die Nase.

„Es geht mir um die Familie von Salenstein. Genauer gesagt um Prinz Emanuel von Salenstein!“ Aurelia beobachtete mich aus den Augenwinkeln. Es kostete mich alle Selbstbeherrschung, die ich in Karate gelernt hatte, so zu tun, als würde mir die Frage nichts ausmachen. Zum Glück kann man ein Herz unter einem T-Shirt nicht pochen sehen. Meines schlug nämlich so heftig, dass es bestimmt tiefe Ausbuchtungen erzeugt hätte.

„Salenstein? Klingt nach altem Adel“, brummte Richard von Zinkenbusch. „Gut möglich, dass die in der Umgebung wohnen. Nur interessiere ich mich nicht für solche Leute.“ Er reckte die Nase in die Höhe und trippelte auf Zehenspitzen. „Dieses noble Gemüse ist nicht mein Fall.“ Er ließ die Faust gegen die Tür knallen. „Hier sind harte Männer gefragt und kernige Frauenzimmer. Habt ihr verstanden?“

Selbst Aurelia schluckte und nickte nur. Und das will etwas heißen!

„Stellt eure Taschen neben eure Schlafstellen und dann auf zur Burgküche!“ Ein wenig verlegen schwenkte Frau Schäfer die Arme auf und ab und überließ uns dann uns selbst.

Die Schlafplätze waren schon alle vergeben, bis auf einen neben der Nervensäge Gretchen, die sofort lauthals losblökte: „Wenn du nicht bei Bix und Krissi liegen willst, habt ihr sicher Krach gehabt. Nicht wahr?“

Wo meine früheren Freundinnen standen, waren nur zwei Rücken zu sehen. Aurelia drehte den Kopf zwischen den beiden und mir hin und her. „Ach nein, Krach bei den Unzertrennlichen? Da muss ja wirklich was Schlimmes abgegangen sein.“

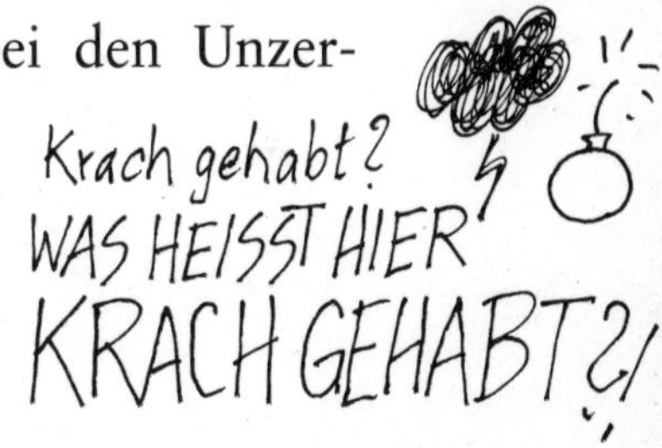

„Es geht fast immer um Geld, Jungs oder Betrug. Jedenfalls sagt das mein Vater und der kennt sich da aus.“ Gretchen musste wie immer eine ihrer Weisheiten loswerden.

Krissi und Bix schwiegen eisern und auch ich tat so, als hörte ich gar nicht richtig zu. Rucksack und Tasche baute ich als Trennwand zu Gretchens Strohsack auf. Die anderen gingen schon Richtung Küche los, weil sie Hunger hatten. Als Letzte blieben Krissi, Bix und ich in dem Schafstall zurück.

So konnte es nicht weitergehen. Ich musste mit ihnen reden und ihnen alles erklären. Wir waren bis vor einem Tag beste Freundinnen gewesen. Das konnte doch nicht so einfach vergessen sein!

„Hört mal“, begann ich und versuchte ihnen den Weg zu versperren, als sie an mir vorbei-

wollten. Noch nie zuvor hatte ich in zwei so verbissene, verschlossene und wütende Gesichter geblickt. Wortlos streckte mir Krissi einen Zettel entgegen. Wenigstens Geheimbotschaften schrieben sie mir noch und zum Glück in einer Verschlüsselung, in die ich eingeweiht war. Bestimmt hatten sie für sich selbst schon eine neue Geheimschrift erfunden, die ich nicht kannte und daher auch nie würde lesen können.

Warten wollten sie nicht auf mich und reden war auch nicht drin. Also entzifferte ich, was sie mir mitteilen wollten:

Geheimbotschaft Nr. 5, vorne im Umschlag

Das glaub ich nicht! Wir kennen uns seit dem Kindergarten, und nur wegen einer Notlüge muss ich mir dann so etwas sagen lassen? Mir war zum Heulen zumute.

Allein wollte ich in diesem Schlafstall nicht bleiben. Hunger hatte ich auch und außerdem wollte ich wissen, wo das Mittagessen eingenommen wurde. Ich zerriss den Brief zu Konfetti und warf ihn über das Gatter zu den Schweinen.

Die Burgküche lag am Ende eines langen, leicht gewundenen Ganges. Die Steinplatten des Bodens standen da und dort hoch und ich musste auf den Weg achten, um nicht zu stolpern.

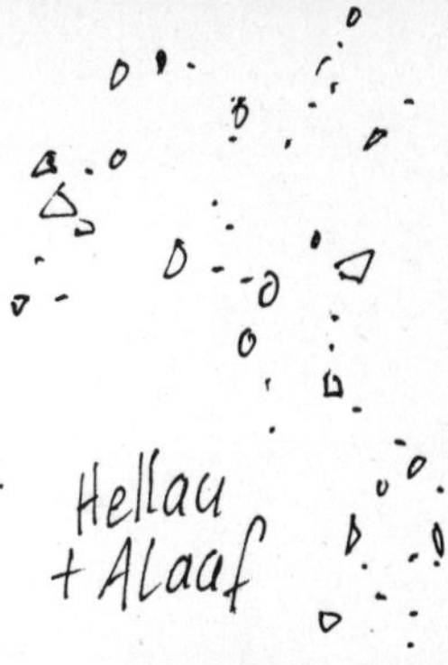

„Hallo, Vanessa!“

Ich erkannte die Stimme sofort und sie klang in meinen Ohren schöner als meine liebste CD. Vor mir stand Krissi und lächelte.

„Krissi, hallo. Bitte hör mir zu!“ Ich musste die Gelegenheit nutzen. Offensichtlich war Bix diejenige, die für die dicke Luft sorgte. Sie spielte nicht nur in der Theatergruppe der Schule mit, sondern machte auch sonst gerne Theater.

Da hob Krissi die Hand und legte einen Finger auf die Lippen.

„Pssst, hör mir zu!“

Das fiel mir schwer. Es gab so viel, was ich loswerden musste. Normalerweise war das nicht meine Art, aber ich befand mich im Ausnahmezustand. Um Krissi eine Chance zu geben, atmete ich tief ein.

„Küss ihn!“

KÜSSEN??

Wie bitte? Hatte ich mich verhört. Etwas anderes war nicht möglich.

WAS?
WIE?

„Du musst ihn küssen!“, sagte Krissi noch einmal und blickte mir dabei tief in die Augen.

„Spinnst du?“, entfuhr es mir.

Schmollend verzog Krissi das Gesicht, drehte sich mit einem Ruck weg und lief davon. Sie verschwand hinter der nächsten Ecke, und es vergingen ein paar Sekunden, bis ich ihr hinterherlaufen konnte. Groß war ihr Vorsprung nicht, und ich war sicher, sie einholen zu können. Mit ein paar Schritten hatte ich die Biegung erreicht und vor mir lag ein weiteres langes Stück des Ganges. Es gab hier weder Türen noch Fenster.

Doch der Gang war leer und auch von der Treppe, zu der er führte, drang kein Klappern von Schuhen.

Wo war Krissi hingegangen?

Fragend rief ich ihren Namen. Einmal, zweimal, dreimal. Vom Ende des Ganges kam nur ein unverständliches Flüstern, das ein Echo meiner eigenen Stimme sein musste.

Wo hatte sie sich versteckt?

Mein schlechtes Gewissen begann sich in Wut zu verwandeln. Krissi wusste, wie sie mich zum Explodieren bringen konnte, und nutzte das voll aus. Wie gemein sie war!

Mir fiel wieder Alexas Horoskop ein und was die alte Frau in der Halle gesagt hatte: Reiß die Maske vom Gesicht! Konnte damit gemeint sein, dass meine frühere Freundin endlich ihr wahres Gesicht zeigte? Vielleicht war die immer so fröhliche Krissi in Wirklichkeit eine fiese kleine Schlange, die nur darauf lauerte, ihr Gift zu verspritzen.

Aus weiter Ferne, wie aus einer anderen Welt, schallte eine Stimme zu mir herüber: „Vanessa! Vanessa, wo bleibst du?“

Da hilft nur eins ...

An der Wand des Treppenhauses kroch auf einmal eine Schattengestalt mit monsterlangen Armen herab.

„Vanessa?“

Im Näherkommen wurde die Stimme nicht nur lauter, sondern auch klarer.

„Hallo, Frau Schäfer!“, rief ich.

Das gebeugte Schattenmonster richtete sich immer mehr auf und nahm die Gestalt unserer Geschichtslehrerin an. „Alle warten bereits auf dich, wo bleibst du?“ Vorwurfsvoll legte sie den Kopf zur Seite und bedeutete mir, ich solle mich beeilen.

Hatte ich eine andere Wahl? Leider nein! Ich musste in diese Burgküche zu den Schlangen, die mal meine Freundinnen gewesen waren. In einen Käfig voller Skorpione und giftiger Spinnen wäre ich jetzt lieber gegangen.

Frau Schäfer lief neben mir her wie ein Wächter, der einen Schwerverbrecher ins Gefängnis führt. Vielleicht ist das übertrieben, aber in diesem Moment ist es mir so vorgekommen.

In der Burgküche stank es heftig nach Rauch und unter dem rußgeschwärzten Gewölbe wallten dicke graue Schwaden. Alle husteten und Gretchen hatte sogar den Kragen ihres T-Shirts über Mund und Nase gezogen.

„Von solchem Rauch kann man schwer krank werden“, jammerte sie dumpf durch den Stoff. „Das ist gefährlich. Meine Mutter hat uns verboten, verbrannte Sachen zu essen.“

In der Mitte des Raumes befand sich eine gemauerte Feuerstelle, aus der kupferrote Flammen züngelten und über die Böden zweier riesiger schwarzer Eisenkessel leckten. Dahinter stand der Burgherr und rührte erst in einem und dann in einem anderen Kessel. Dazu benutzte er denselben langen Kochlöffel, obwohl ganz verschiedene Sachen in den Kesseln brodelten:

Oh mannomann

in einem ein gelblicher Brei, der süßlich duftete, im anderen eine zähe Masse, die aussah wie Bohneneintopf. Mit dem ausgestreckten Zeigefinger fuhr Herr von Zinkenbusch in den Kessel und beförderte eine Kostprobe des Gerichts in seinen Mund.

Genussvoll leckte er den Finger ab und tauchte ihn danach in den zweiten Kessel.

Gretchen zog das T-Shirt bis zu den Augen hoch.

„Wie unhygienisch. Er kann auf diese Weise alle möglichen Krankheiten auf uns übertragen. Vielleicht hat er etwas Gefährliches."

Herr Zinkenbusch schlug mit dem Kochlöffel seitlich an den Kessel mit dem rötlichen Eintopf. „Suppe aus Gemüse und Fleisch, feurig gewürzt, wie es die Ritter gerne hatten."

Lenni streckte seinen langen Kopf vor und schnupperte.

„Haben wohl gewusst, was gut schmeckt, die alten Ritter, was?"

Der Burgherr grunzte lachend, viel lauter und heftiger, als Lenni das kann. „Gewürzt wurde, um den Geschmack von verfaultem Fleisch und angeschimmeltem Gemüse zu überdecken."

Der Mann wollte wohl das ganze Essen für sich allein haben. Selbst diejenigen, die sonst ihre Nasenpopel essen, verzogen vor Ekel das Gesicht.

Aus der Tiefe des zweiten Kessels schöpfte Herr Zinkenbusch etwas von dem klebrigen gelben Zeug, das in langen Fäden nach unten tropfte.

„Hirse und Honig als Nachtisch!", pries er an und kostete schlürfend direkt vom Kochlöffel.

„Ich esse das nicht! Meine Mutter wäre entsetzt, wenn sie wüsste, wie es hier mit der Sauberkeit gehalten wird." Gretchen machte sich daran, die Küche zu verlassen und einige andere Mädchen schlossen sich ihr an.

„Mir graust auch davor!", verkündete Aurelia schnell. Sie hielt es nicht aus, dass eine andere mehr zu sagen hatte als sie selbst. Mit dem Kopf gab sie ihren Anhängerinnen ein Zeichen, ebenfalls abzuziehen.

„Was haben Sie mir denn da für Zimperliesen gebracht?", polterte Herr Zinkenbusch los. „Das ist eine Ritterburg. Wir leben hier wie vor

fünfhundert Jahren. Haben diese *feinen Damen* vielleicht ein schickes Luxushotel erwartet? Daheim essen sie wohl nur von goldenen Tellern." Geräuschvoll zog er die Nase hoch und wischte sich mit dem Ärmel darüber.

Das absolut Undenkbare geschah: Krissi und Bix, die Aurelia bis vor Kurzem für so etwas wie eine Kreuzung aus Tarantel, Wanze und aufgeblasener Qualle gehalten hatten, folgten ihr aus der Burgküche. Den Grund konnte ich mir denken: Zur Strafe wollten sie mich in Angst und Schrecken versetzen. Ständig sollte ich fürchten, sie könnten Aurelia verraten, was es mit Prinz Emanuel auf sich hat.

„Hat keiner Hunger?", knurrte Herr von Zinkenbusch.

„Her mit dem Papp!" Lenni schnappte sich einen der Holzteller, die in hohen Stapeln am Rand des Herdes standen, und streckte ihn dem Burgherrn entgegen. Schwungvoll klatschte dieser eine Portion der Hauptspeise und eine noch größere der Nachspeise darauf.

„Bei mir ist natürlich alles frisch!", grunzte er vor sich hin und zwinkerte Lenni zu. „Macht aber großen Spaß, diese verwöhnten kleinen Zicken aufzuregen."

Lenni lachte laut, denn er war glücklich, jemanden gefunden zu haben, der den gleichen Humor hatte wie er selbst.

Mir war der Appetit vergangen, was aber nicht an dem Essen lag. Vielmehr musste ich an Bix und Krissi denken. Nein, niemals wieder wollte ich mit ihnen befreundet sein, aber sie sollten auch nicht denken, ich würde mich davor fürchten, dass sie mich an Aurelia verraten könnten.

Es gab nur einen einzigen Ausweg aus dieser schwarzen Tinte, in der ich saß: Ich musste das mit Prinz Emanuel selbst klarstellen. Vielleicht schaltete sich wieder Vanessa zwei ein, die Mutige, die Schlagfertige, die Witzige, die der Enthüllung den richtigen Dreh geben konnte. Die anderen Mädchen sollten danach nicht mit ausgestrecktem Finger auf mich zeigen, sondern sagen: He, da hat sie uns ganz schön drangekriegt, Vanessa, diese Witzkanone.

Aber wie sollte mir das gelingen?

„Koste mal, lecker!" Lenni hielt mir seinen

Teller entgegen, aber ich drückte ihn mit beiden Händen zurück. Dabei war ich etwas zu heftig, denn der Teller kippte und der ganze Matsch landete auf Lennis weißem T-Shirt.

„He, ich hab nur das eine mit!“, beschwerte er sich. „Jetzt muss ich drei Tage lang damit herumrennen. Das wird muffeln. Zur Strafe bleibe ich immer in deiner Nähe.“ Natürlich grinste er wie ein Breitmaulfrosch, weil er wieder einmal einen Scherz losgelassen hatte.

Darauf hatte ich aber zurzeit nicht den Hauch von Lust. Um nicht einfach wortlos wegzugehen, murmelte ich: „Komm gleich wieder.“ Dann stürmte ich aus der Küche. Ich musste zu den Mädchen, die wahrscheinlich in unserem Schlafstall waren, und dort mein Geständnis ablegen. Ich wollte es so schnell wie möglich hinter mich bringen.

Weiter als bis zur Treppe kam ich aber nicht, denn dort empfing mich ein bekanntes Gesicht. „Oh, du wartest hoffentlich nicht auf mich!“, fauchte ich. „Ich rede nämlich nicht mehr mit dir.“

Es war Bix, die dort herumstand und verlegen dünne Haarsträhnen durch die Finger gleiten ließ.

„Es ist aber so wichtig“, jammerte sie weinerlich los. „Bitte hör mir zu, Vanessa!“

Mindestens zehn Schritte entfernt von ihr blieb ich stehen und verschränkte die Arme vor der Brust. Bix sollte sehen, wie egal sie mir war und wie weit ich sie von mir forthaben wollte. Um das noch stärker zu demonstrieren, lehnte ich mich zurück und hob abwartend die Augenbrauen.

„Pack dein Glück beim Schopf!“

Wie bitte? Hatte ich mich wieder mal verhört oder hatte sie das wirklich gesagt?

„Als deine Freundin kann ich dir nur das raten: Greif zu, wenn das Glück so nahe ist.“

Hätte Bix von dem Eintopf gekostet, so wäre ich in die Küche zurückgerannt und hätte alle davor gewarnt. Vielleicht waren giftige Pilze drin, die Leute in den Wahnsinn trieben. In Mams Hausarzt-Buch hatte ich darüber etwas gelesen.

„Hast du sie noch alle?“, erkundigte ich mich bei ihr wie eine Ärztin, die mit einem völlig verwirrten Patienten sprach.

„Küss ihn!“ Bix hörte mir nicht zu. Sie redete einfach weiter, als hätte ich nichts gesagt.

Küssen – küssen
Schon wiederküssen!

„Wen küssen?“, hörte ich mich fragen und war gleich darauf wütend auf mich. Wozu wollte ich das überhaupt wissen?

Ich bekam keine Antwort, denn Bix trippelte schon die Treppe hinunter. Sie lief schneller, als ich es von ihr erwartet hätte, und kicherte dabei schrill.

Das regte mich auf. Diese Natter von einer ehemaligen Freundin nahm mich zweifellos auf den Arm. Doch das würde ich mir nicht so einfach gefallen lassen. Es reichte. Eine dicke Nudel wie Bix holte ich in null Komma nichts ein. In Sport war sie das Schlusslicht der ganzen Klasse und ich die Nummer eins. Ich beschloss, sie nicht nur zu schnappen, sondern ihr auch einmal vorzuführen, was mein wöchentliches Karatetraining brachte. Auf dem Boden sollte sie liegen, wehrlos, und um Gnade sollte sie wimmern, dieses elende Stück.

Bestimmt hätte ich diesen Plan auch ausgeführt. Doch es fehlte mir dazu etwas. Damit meine ich nicht Mut oder die aufmunternden Worte von Vanessa zwei, sondern etwas viel Wichtigeres: Mir fehlte Bix.

Ich rannte die Stufen hinunter und den langen Gang entlang bis zum Schlafstall, fand aber keine Bix. Übrigens war sie auch nicht bei den Tieren. Ein paar Mädchenstimmen kamen aus dem Hof, und als ich durch die Fensterluke hinunterspähte, sah ich dort Aurelia und ihre Bewunderinnen stehen und aufgeregt gackern.

Bix und Krissi waren dabei.

Wie war Bix so schnell dorthin gekommen? Nicht einmal ich schaffte das und ich war die schnellste Läuferin der Unterstufenklassen.

Hinter mir betrat jemand die lange Kammer. Wieder spürte ich einen Blick im Nacken und außerdem schloss sich die Holztür mit singendem Knarren. Noch bevor ich mich umdrehte, hörte ich eine Stimme, die mir sehr bekannt vorkam. Nur klang sie normalerweise nicht so weich und schmeichelnd. Außerdem war das, was sie sagte, einfach schockierend.

Geheimbotschaft Nr. 6, vorne im Umschlag

Nicht, Heinrich!

Es gab keinen Zweifel mehr. Im Eintopf war eine Zutat, die das Gehirn zersetzte oder zumindest Löcher hineinfraß. Einfach nur ein giftiger Pilz konnte das nicht bewirken. Es handelte sich um etwas wesentlich Schlimmeres.

Im Umdrehen überlegte ich, mit welchem Wurf ich die Person, die da gekommen war, zu Boden befördern konnte. Oder sollte ich besser ein paar Tritte ausführen und ein Feuerwerk an Handkantenschlägen einsetzen?

Im Hausarzt-Buch hatte gestanden, man solle verwirrte Leute niemals zu heftig ansprechen. Es sei besser, langsam, sanft und beruhigend mit ihnen zu reden. Obwohl ich viel lieber losgebrüllt hätte, riss ich mich zusammen und spielte Vanessa, die einfühlsame Krankenschwester.

„Hallo, Lenni“, säuselte ich honigsüß. „Wie schön, dich zu sehen.“

Es war bestimmt die allergrößte Lüge meines Lebens.

Er lehnte an der geschlossenen Tür, ein breites Lächeln im Gesicht.

„Es ist Zeit, es ist Zeit!“, wisperte er und schien auf einmal sehr heiser.

„Jaja, die Zeit, die Zeit!“ Ich redete wie meine eigene Urgroßmutter, die ich allerdings nie kennengelernt habe.

Da war etwas total Irres in Lennis Augen. Es sah aus wie kleine Blitze, die hinter seinen Pupillen zuckten.

„Du ...!“, säuselte er.

Obwohl ich mich mit Herz-Schmerz-Küsschen-Küsschen-Angelegenheiten nicht so gut auskenne, wusste ich sofort, was hier abging. Der war in mich verknallt!

Der Schreck fuhr mir durch den ganzen Körper. Er fühlte sich heiß an und machte mich ganz schwach.

„Endlich!“ Lenni stieß sich mit den Schulterblättern von der Tür ab und kam langsam näher. Er hauchte mir ein paar Worte entgegen und mir verschlug es die Sprache. Ich hatte ihn noch nie so sprechen hören.

Durch meinen Kopf jagten die wildesten Gedanken. War Lenni vielleicht völlig durchgeknallt und gefährlich und gehörte schnellstens in eine Gummizelle? Vorher aber musste ich ihn abwehren und im Hausarzt-Buch stand doch, dass Leute, die den Verstand verlieren, auf einmal ungeahnte Kräfte entwickeln.

Ein anderer Gedanke erschien mir völlig absurd. War das vor mir überhaupt Lenni? Wenn nicht, wer war es dann?

„Oh, Isabelle!“, wisperte der vielleicht falsche Lenni.

Nein, er konnte es nicht sein. Niemals. Aus seinem Mund fuhr eisiger Hauch und vor seinem Gesicht bildete sich eine weiße Wolke, wie das sonst nur im Winter der Fall ist. Mit verklärtem Gesicht fuhr er – wer auch immer das war – fort:

„Isabelle! Küss mich, komm!“

Unten im Hof rief Aurelia: „He, Mädels, kommt mal alle schnell her. Krissi hat mir gerade was geflüstert, das müsst ihr erfahren.“

Na bestens! Hier oben war ich allein in einem Schlafstall mit jemandem, der wie der Klassenclown aussah, aber in Wirklichkeit wer auch immer war, und draußen setzten meine früheren Freundinnen ihre Rache fort und stellten mich vor allen bloß.

„Meine Isabelle, verzeih mir, verzeih!“

Lenni oder wer oder was auch immer war auf drei Schritte an mich herangekommen und streckte langsam die Hand aus, als wollte er meine Wange streicheln. Mit schmachtender Miene neigte er den Kopf zur Seite und himmelte mich an.

So etwas tun Jungs doch nie. Jedenfalls keine, die in unsere Klasse gehen.

Trotz des Abstands zwischen uns fühlte ich die Kälte wieder. Sie kribbelte auf meiner Haut wie bei der Ankunft unten im Burghof. Nur war sie jetzt noch viel stärker und kroch in meinen Körper, bis in die Knochen hinein.

Die Angeln der Holztür schrien auf einmal auf und die Klinke knallte gegen die Steinwand, so heftig wurde die Tür von außen aufgestoßen. An Lenni vorbei konnte ich sehen, wer den Raum betrat.

Wie ein zitterndes Bündel stand, klein und

zerbrechlich, die uralte Frau in ihre Wolltücher gewickelt da. Sie stützte sich auf einen knotigen Stock.

„Nein, Heinrich, oh nein!“ Ihre dünne Stimme hatte etwas Kraftvolles, das ich ihr nie zugetraut hätte.

Schnaubend fuhr Lenni herum.

„Heinrich, so geht das nicht. Das weißt du genau!“

Ernst redete die Frau auf ihn ein, fast liebevoll, wie auf ein unartiges Kind.

Die Verwirrung in meinem Kopf war mittlerweile gigantisch geworden. Was ging hier ab? In was war ich da geraten?

„Jule!“, dröhnte der Bass von Richard von Zinkenbusch durch die Burg. „Jule, du solltest auf deinem Zimmer bleiben. Wir hatten das vereinbart.“

Der Junge vor mir drängte sich an der alten Frau vorbei und flüchtete in Richtung Halle. Die Alte schüttelte langsam ihren Kopf und seufzte betrübt.

Von der anderen Seite kam der Burgherr und packte die Frau an den schmalen Schultern.

„Ich warne dich, wenn du meine Gäste vertreibst, stecke ich dich in ein Heim. Denkst du, ich habe so viel Geld in diese Ruine gesteckt, damit du mir unsere Besucher in die Flucht schlägst?"

Mich hatte Herr von Zinkenbusch nicht bemerkt. Neben ihm wirkte die alte Frau noch kleiner und wie eine dieser kostbaren Porzellanpuppen, die bei Bix' Mam auf dem Kaminsims sitzen.

„Richard, ich wusste, er würde kommen. Ich wusste es."

„Du fantasierst, Jule."

„Er ist sehr listenreich. Ich habe ihn gerade gesehen."

„Ab in dein Zimmer, und dort kommst du nicht mehr heraus. Ist das klar?"

„Aber Richard …"

Der Burgherr schubste die alte Frau reichlich unsanft vorwärts. „Jule, du hast mir die Burg geschenkt, vergiss das nicht."

Damit sie auch bestimmt nirgendwo anders hinging, begleitete Herr von Zinkenbusch die Alte. Sie war wohl die frühere Besitzerin der Burg gewesen. Ob Richard ihr Neffe war? Auf jeden Fall ging er gemein mit ihr um.

Als die zwei sich entfernten, hatte ich nur

einen Wunsch: Ich wollte meine zwei Freundinnen zurück. Ich wünschte mir sehnlichst, mit ihnen wieder Geheimnisse zu haben, ihnen verschlüsselte Nachrichten zu schicken und jetzt gemeinsam mit ihnen herauszufinden, was in dieser Burg vor sich ging.

Durch die kleinen Luken drang hohes Gekicher. So lachen Mädchen nur, wenn sie sich über andere lustig machen, und um wen es diesmal ging, konnte ich mir denken.

Die Freundschaft mit Krissi und Bix war für immer gestorben. Und daran war nicht nur ich allein schuld. Den letzten Stoß hatten die zwei unserer Freundschaft gegeben.

Vom Gang her hörte ich die Stimme der alten Frau. Es klang nicht, als würde sie mit Herrn von Zinkenbusch sprechen, sondern jemandem etwas zurufen.

„Wage es endlich, in sein wahres Gesicht zu blicken!"

Was sie damit sagen wollte, verstand ich nicht. Deshalb lief ich ihr nach. Der Burgherr aber ließ mich nicht mit ihr reden und bedeutete mir mit stummen Gesten, sie sei nicht ganz richtig im Kopf und ich solle mich schnellstens zu-

rückziehen. Mit seinem Schrank von Körper bildete er eine Barriere zwischen der Frau und mir, an der ich nicht vorbeikam.

Auch unsere Geschichtslehrerin war ein wenig durcheinander und nicht ganz zufrieden mit dem, was wir bisher in der Burg erlebt hatten. Als ich später einen Versuch unternahm, mit Herrn von Zinkenbusch zu reden und ihn zu bitten, mich zu der alten Frau zu lassen, bekam ich ein Gespräch mit, das er mit Frau Schäfer führte.

„Hier ist alles so wie in der Ritterzeit!“, betonte er immer wieder. „Damals herrschten eben raue Sitten. Für Weicheier und Schlappschwänze war das nichts. Ihre Schützlinge werden das schon aushalten.“

Davon schien Frau Schäfer aber nicht völlig überzeugt. Sie erkundigte sich nach dem nächsten Supermarkt, weil sie zur Sicherheit Obst und Kekse besorgen wollte für alle, die das deftige Ritteressen verweigerten. Schließlich durfte auf der Klassenfahrt keiner verhungern.

Auch ich hatte eine richtig mittelalterliche Erfahrung: Ich konnte mir vorstellen, wie sich Hexen oder Pestkranke gefühlt haben mussten, um die alle einen großen Bogen gemacht hatten. Alle Mädchen der Klasse sahen mich höchstens verstohlen von der Seite an, um im nächsten Moment loszukichern. Keine redete mit mir. Dafür aber steckten sie ständig die Köpfe zusammen und Aurelia gab wohl Kommandos, was als Nächstes zu geschehen hatte.

Bix und Krissi waren große Anhängerinnen von Aurelia geworden. Demnächst würden sie T-Shirts mit der Aufschrift „We love Aurelia!“ tragen.

Widerlich, einfach perfekt widerlich! Igitt!

Und so traurig. Weil ich die beiden richtig vermisste.

Die Jungen schliefen in einem Stall, der am entgegengesetzten Ende der Burg lag, und am Nachmittag sah ich nicht viel von ihnen, da sie das alte Gemäuer vom Keller bis zum Dach inspizierten.

Ich vertrieb mir die Zeit damit, ebenfalls durch die Gänge zu spazieren, immer in der Hoffnung, der alten Frau über den Weg zu laufen oder das Zimmer zu finden, in dem dieser Richard von Zinkenbusch sie versteckte. Leider ging der Wunsch nicht in Erfüllung.

Lenni zeigte sich auch nicht mehr.

Rätsel -
Rätsel -
Rätsel!

Das heißt, ich war davon überzeugt, dass ich es gar nicht mit Lenni zu tun gehabt hatte. Erklären konnte ich mir auch nicht, wie jemand haargenau wie Lenni aussehen konnte, wenn er es gar nicht war.

Am späten Nachmittag stand ich auf einmal wieder in dem hohen Turm, durch den wir die Burg betreten hatten.

Die Kette, die den Zutritt zur Holztreppe versperrte, schaukelte sanft und die dicken Metallglieder quietschten.

Was dort oben wohl war?

Ich hatte plötzlich ein Kratzen im Hals und musste husten. Das Geräusch hallte von den kahlen Wänden wider, bis es sich verlor. Nach einer kurzen Pause hörte ich mein Husten aber erneut.

Es schien von hoch oben zu kommen, von

dort, wo ich das Dach des Turmes vermutete, wo aber kein Licht hinkam.

Auf einmal wirbelte ein eisiger Windstoß um mich herum. Er umkreiste mich und fegte so dicht über meine Ohren, dass sie vor Kälte zu schmerzen begannen wie an einem frostigen Wintertag.

Die Flammen der Fackeln in den Eisenhalterungen bogen sich alle in dieselbe Richtung. Ich folgte den Funken, die wie Glühwürmchen auf das Gemälde mit dem dicken Goldrahmen zuflogen und dort vor der rissigen Oberfläche tanzten.

Jetzt sah ich einiges genauer. In das Holz des Rahmens waren Nymphen, Feen und andere zarte Märchenwesen geschnitzt, die alle bewundernd und liebevoll zu der Gestalt auf dem Bild hochblickten.

Mir kam es so vor, als würden sie die Frau beschützen oder umsorgen.

Das Licht der Flammen durchdrang die Düsternis, die sich im Laufe vieler Jahre auf das Bild gelegt hatte, und ließ die schlanke, aufrecht und stolz stehende Frau funkeln. Ihr Gesicht war schmal, die Nase ein wenig spitz und die Augen lächelten.

Mein Herz schlug schneller. Auch wenn die Frau lange Haare hatte, war es für mich so, als würde ich mich in einem Spiegel sehen.

Und dann war da wieder der Blick von hinten. Augen, die sich wie Nadelstiche in meinen Nacken bohrten.

Komm mit!

„Sie sieht dir ähnlich!“

Hinter mir stand Frau Schäfer und blickte wie ich zu dem Gemälde hoch.

Der Lichtschein wurde schwächer, als sich alle Fackelflammen wieder aufrichteten und ihren Schein mehr auf die verrußten Mauern als auf das Bild warfen. Davon aber bemerkte unsere Lehrerin nichts.

„Sag, Vanessa, stimmt etwas nicht zwischen dir und den anderen?“, erkundigte sie sich so beiläufig wie möglich.

Ich wollte und konnte nichts verraten. Also tat ich das Gleiche wie Lenni. Ich grinste nur und meinte mit einem Schulterzucken: „Ach, alles bestens. Manchmal will ich nur einfach allein sein.“

So ganz glaubte Frau Schäfer das aber nicht und auch beim Abendessen trafen mich ihre prüfenden Blicke. Wir hatten uns in einem Saal versammelt, der etwas schmaler, aber mindestens so lang wie unser Turnsaal war. An einer Wand standen Ritterrüstungen, aufgereiht wie

stumme Wachen. In der Mitte gab es eine Tafel, die Platz für die Hälfte der Schüler unserer ganzen Schule geboten hätte. Ein harter Holzstuhl mit steiler, hoher Lehne stand neben dem anderen. Licht kam von dicken Kerzen, die auf alten Wagenrädern aufgestellt waren. Das Wachs tropfte in die Schüsseln, aus denen wir löffeln sollten.

Angeführt von Aurelia und aufgrund der Warnungen von Gretchen, die schon die nächste Giftkatastrophe auf uns zukommen sah, verweigerten fast alle Mädchen das Essen.

In riesigen Holzschüsseln dampfte eine Mischung aus gegrillten Hühnerstücken und groben Teilen von gekochten Karotten und Rüben. Als Teller diente uns eine Scheibe steinhartes

Brot, und Gabeln hatten wir auch keine bekommen. Die einzigen Esswerkzeuge waren ein Holzlöffel für jeden, der die Größe einer Schöpfkelle besaß, und dazu ein Messer. Der Burgherr selbst verwendete es auch gleich als Zahnstocher, mit dem er sich Fleischfasern zwischen den Zähnen herauszog, um sie anschließend mit den Fingern unter den Tisch zu schnippen.

„Ich hätte gerne in der Ritterzeit gelebt", gab Lenni fröhlich grunzend von sich und machte unserem Gastgeber das mit dem Zahnstocher nach. Frau Schäfer konnte es ihm nicht verbieten, da es – wie Herr von Zinkenbusch immer wieder bekräftigte – bei den alten Rittern nicht anders gewesen war.

Unsere Klasse hatte sich in drei Teile aufgespalten. Zwei große und einen kleinen. Der eine große Teil waren die Jungs, der zweite die Mädchen und der dritte ich allein. Die Jungs saßen an einem Tischende, die Mädchen am anderen und ich in der Mitte. Mir gegenüber Frau Schäfer und Richard von Zinkenbusch.

Hunger hatte ich trotz allem und gegrilltes Hühnchen mag ich gerne. Daher langte ich auch tüchtig zu, denn das Fleisch schmeckte ganz ausgezeichnet. Außerdem wollte ich Gretchen und den anderen Zicken zeigen, wie sich starke Mädchen von heute benahmen.

Wenn sie mich schon ausschlossen, dann wollte ich auch wirklich anders sein als diese blöden Zimperliesen.

Ich nahm gerade einen Schluck Wasser aus einem Zinnbecher, als Aurelia mir vom Mädchenende des Tisches zurief: „Bei dem Prinzen geht es bestimmt feiner zu, nicht wahr, Vanessa? Kann er uns nicht alle einladen?"

Mir schoss das Blut ins Gesicht, als ich spürte, wie Frau Schäfer zu mir sah.

„Prinzen? Wie meinst du das, Aurelia?", erkundigte sie sich.

„Vanessas Brieffreund ist ein Prinz und lebt hier ganz in der Nähe. Nur kennt ihn keiner. Im Supermarkt hat auch noch niemand von seiner Familie gehört."

Diese Nachricht war einerseits schlecht, aber andrerseits auch wieder gut.

Schlecht war sie, weil Aurelia mich einkreiste und sich ihr Verdacht, dass ich alles nur erfunden hatte, immer mehr bestätigte. Gut war sie, weil es so klang, als hätten Krissi und Bix doch nicht geplaudert.

Von der Seite der Jungen schnappte ich die Worte auf: „Um Mitternacht geht's los."

Fast gleichzeitig hörte ich Gretchen tuscheln:

„Sie kommen bestimmt und wir werden nicht da sein.“

Auch Frau Schäfer hatte beides mitbekommen und wollte schon zu einer Rede ansetzen, als eine der Rüstungen von allein umfiel. Dabei krachte es, als wären mehrere Mülltonnen von einem Lastwagen gestürzt.

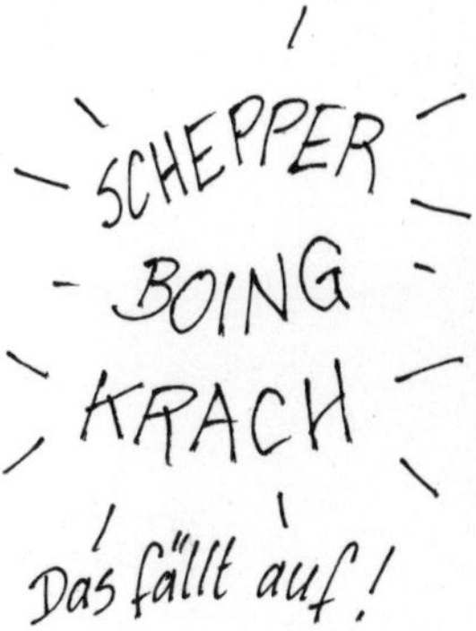

Alle erschraken heftig und sprangen von den Stühlen, selbst die Jungen, die sonst immer einen auf besonders mutig machen. Obwohl alle Fenster verschlossen waren, strich ein eisiger Wind durch den Saal über unsere Köpfe hinweg. Ein Großteil der Kerzen ging aus.

Wir verstanden mittlerweile, wieso der Burgherr so warm angezogen war. Selbst bei sommerlichen Temperaturen im Freien blieb es im dicken Gemäuer ungemütlich kühl. Auch wir trugen schon mehrere T-Shirts und Pullis übereinander.

Was aber geschah nun?

Auf der Seite, auf der die Mädchen saßen, war die Tür geöffnet worden. Sie bestand aus zwei Flügeln, die jemand aufgestoßen hatte. Mit einer alten Sturmlaterne in der Hand stand da die alte Frau und rief warnend: „Richard, er wird jemanden holen. So glaube mir doch."

Herr von Zinkenbusch biss die Zähne zusammen und stemmte sich mit beiden Händen vom Tisch hoch. Diesmal wollte ich ihm zuvorkommen und mehr erfahren. Wie bei einem Wettrennen spurtete ich auf die Frau zu. Die Arme muss gedacht haben, ich wollte sie über den Haufen rennen. Schützend hob sie die Laterne.

„Was ist da los? Wer ist ‚er'?", fragte ich sie keuchend.

„Er kann keine Ruhe finden. Doch niemand glaubt mir. Er will keine Fremden in seiner Burg, aber mein Großneffe Richard ist nicht zu belehren. Dabei sind so viele böse Dinge geschehen, als er die Burg für Besucher hat herrichten lassen. Noch lässt er ihm die obersten Geschosse des Turmes, aber wie lange noch?"

„Wer ist ‚er'?", wiederholte ich meine Frage, weil ich ihren Großneffen schon hinter mir spürte.

„Du musst ihm die Maske vom Gesicht reißen!" Wieder streckte die alte Burgfrau den knochigen Zeigefinger warnend in die Höhe.

Dann war aber auch schon der grimmige Richard bei ihr und führte sie davon. Mir zischte er zu: „Lass dich nicht verrückt machen von ihr.“

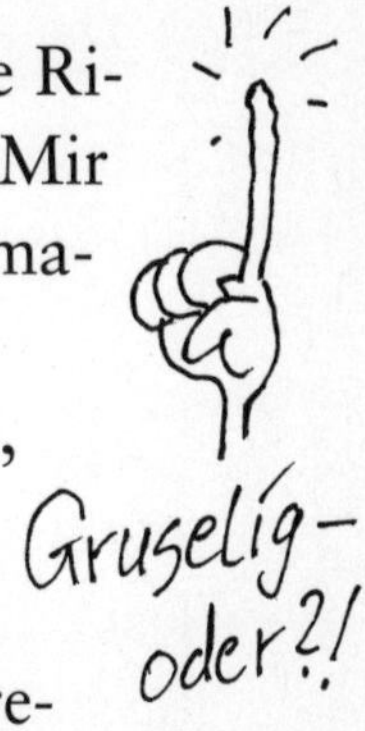

Als ich mich zur Tafel zurückdrehte, sah ich Krissi und Bix herüberstarren. Ich erwiderte den Blick und versuchte ihnen zu verstehen zu geben, dass wir reden mussten. Ich flehte sie mit den Augen an und konnte sehen, dass Bix weich wurde. Nur Krissi wandte sich energisch ab und drehte sich demonstrativ Gretchen zu.

Auf dem Weg zum Schlafsaal kam Bix dicht neben mich.

„Du hast echten Mist gebaut!“, zischte sie aus dem Mundwinkel.

Als ob ich das nicht wüsste.

„Wir können dir auch nicht raushelfen. Aurelia hat schon herumerzählt, dass du alles bestimmt nur erfunden hast.“

Na wunderbar. In allerspätestens zwei Tagen würde sie die Bestätigung haben, wenn kein Prinz Emanuel aufgetaucht war.

„Wir haben nichts verraten“, sagte Bix.

Das machte aber auch keinen Unterschied mehr.

Niemals hätte ich gedacht, dass ich in diesem Schweine-Kuh-Stall neben dem ewig meckernden Gretchen schlafen könnte. Ich machte mich auf eine schlimme und schlaflose Nacht gefasst, als ich mich auf dem kratzigen Sack ausstreckte. Durch den groben Stoff bohrten sich Strohhalme und piksten wie Nadeln. Ein Fakir auf seinem Nagelbrett konnte sich auch nicht viel anders fühlen.

„Das mit der Rüstung waren die Jungen", tönte Krissi noch. „Die wollten uns nur erschrecken. Dafür werden sie aber teuer bezahlen. Die werden sich wundern …"

Alle anderen gluckten wissend, nur ich hatte keine Ahnung, was sie meinte.

Das absolut Undenkbare geschah: Ich schlief innerhalb von Minuten tief und fest ein. Und ich träumte nichts. Und bestimmt hätte ich bis zum Morgen gepennt, wenn ich nicht mitten in der Nacht geweckt worden wäre. Jemand rüttelte mich am Arm und flüsterte mir zu, ich solle aufwachen.

In meinem Kopf drehte sich alles und meine Augen waren wie verklebt. So lange brauchte ich normalerweise nie, um wach zu werden. Erst langsam bekam ich leises Schweinegrunzen mit, und mir fiel ein, wo ich mich befand.

Rund um mich war es dunkel. Ich hatte mich in die Decken gewickelt und schwitzte heftig. Meine Jeans und mein T-Shirt hatte ich angelassen, falls ich in der Nacht zur Toilette musste.

„Pssst, Vanessa!"

Ich richtete mich auf. Ein Lichtschimmer streifte meine Augen.

Neben meinem Strohsack kniete Krissi, eine Laterne in der Hand, wie sie auch die alte Frau getragen hatte. So abweisend und böse wie beim Abendessen wirkte meine Ex-Freundin nicht mehr.

„Tut mir alles so leid", sagte mein Mund von allein, aber ich meinte es auch so.

„Schon in Ordnung."

Im zuckenden Lichtschein erkannte ich, dass der Platz neben mir leer war und der übernächste auch. Wo war Gretchen?

„Komm mit." Krissi stand auf und bewegte sich Richtung Tür. Außer uns zweien schienen nur die Tiere im Raum zu sein.

„Wo sind die anderen?“ Mir taten der Rücken und die Arme weh und mein linkes Bein war eingeschlafen.

„Ich bring dich hin!“

Schon war Krissi auf dem Gang.

„He, bist du nicht mehr sauer?“, wollte ich unbedingt wissen, als ich ihr nachstolperte. In meinem eingeschlafenen Bein schienen Tausende Ameisen zu krabbeln.

„Gar nicht. Komm!“

Krissi entfernte sich mit schnellen und sehr großen Schritten. Ich hatte Mühe ihr zu folgen.

Ihr Ziel war die Halle.

Küss mich!

„Dort können wir nicht hinauf!“, warnte ich meine Freundin.

Darum kümmerte sich Krissi aber nicht.

„He, komm zurück.“

Sie hörte mich nicht oder wollte mich nicht hören. Seelenruhig schritt sie Stufe für Stufe die abgesperrte Treppe hinauf zum Dach des Turms. Fast alle Fackeln waren erloschen und die wenigen, die brannten, gaben kaum Licht.

Ich hatte nur zwei Möglichkeiten: Blieb ich stehen, würde es bald dunkel um mich sein. Ging ich mit, musste ich über die Kette steigen und etwas tun, was laut Schild verboten war und vor dem uns der Burgherr auch eindringlich gewarnt hatte.

„Wo bleibst du?“ Krissi verschwand hinter dem Knick, den die Treppe ungefähr in Höhe des ersten Stockwerks machte.

Die Entscheidung fiel mir nicht schwer. Mittlerweile war mein Bein aufgewacht und ließ sich über die Absperrung schwingen. Das zweite folgte und immer zwei Stufen auf einmal nehmend lief ich Krissi hinterher.

„Findest du, dass das eine gute Idee ist?“, fragte ich sie. Krissi antwortete nicht, sondern setzte den Aufstieg fort. Es war beruhigend, dass die Treppe nur leise knackte, wie alte Treppen das eben tun. Gefährliches Krachen oder Knirschen, wie vor einem Einsturz, war nicht zu hören.

Immer höher kamen wir hinauf und ich blieb, so dicht es ging, hinter Krissi, weil sie das Licht trug und es sonst kein anderes hier oben gab.

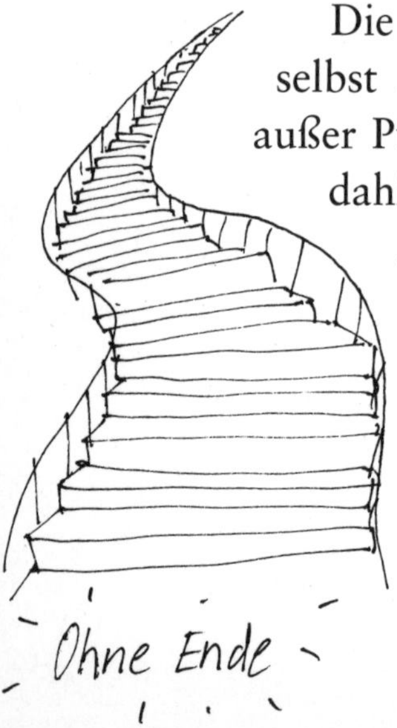

Die Treppe nahm kein Ende und selbst ich – Karate-Vanessa – geriet außer Puste. Krissi hingegen schwebte dahin und ich hörte von ihr nicht mal ein Keuchen.

Was dann geschah, kann ich nur in Zeitlupe schildern: Vor mir sah ich Krissi einen großen Schritt machen. Es sah aus, als müsste sie einen Spalt im Boden überwinden. Ich wollte es ihr nachmachen, aber sie drehte sich um und streckte mir die Hand entgegen, um mich aufzuhalten. Die Laterne hielt sie tief.

Eine Schuhlänge vor mir endete die Treppe im Nichts. Dahinter gähnte Leere. Und Krissi schwebte tatsächlich. Sie stand völlig selbstverständlich in der Luft. Ein weiterer Schritt und ich wäre in die Tiefe gestürzt.

Natürlich war das vor mir nicht Krissi. Sie konnte viel, aber schweben nicht. Ich wünschte, ich würde träumen, doch ich war wach. Der Kneiftest, den ich an meinem Bein durchführte, bewies es. Mein nächster Gedanke lautete: Zurück! Ich drehte mich um, aber die falsche Krissi versteckte sofort die Laterne hinter ihrem Rücken. Um mich herum versank alles im Schwarz. Ich tastete mit der Zehenspitze den Boden vor mir ab, doch da war nichts. Mir wurde schwindlig. Ich streckte die Arme auf der Suche nach dem Geländer aus, bekam es zu fassen und krallte mich daran fest.

Keine Achterbahn auf dem Rummelplatz konnte schlimmer sein. Ich musste in dreißig Metern oder vielleicht sogar noch höher stehen, auf einer winzigen Plattform, und rund um mich war – *nichts*!

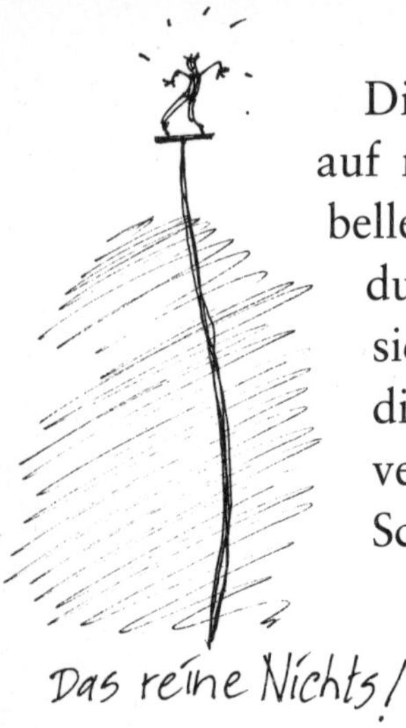

Die Flüsterstimme redete wieder auf mich ein und nannte mich Isabelle. Es kostete mich viel Überwindung, den Kopf umzudrehen. Was sich an der Stelle abspielte, an der die falsche Krissi in der Luft stand, versetzte mich noch heftiger ins Schwanken.

Krissi schmolz und dehnte sich, bis sie Bix' rundliche Gestalt angenommen hatte, um danach wie von unsichtbaren Händen in die Länge gezogen zu werden, und Lennis grinsendes Gesicht und seine schlaksigen Arme wurden sichtbar. Ständig veränderte sich das – womit ich es auch immer zu tun hatte – von einer Person in eine andere.

In meinem Kopf meldete sich Alexa.

Maske – welche Maske??

„Maske vom Gesicht!“, sagte sie scharf. „Reiß ihm die Maske vom Gesicht.“

Ich – die echte Vanessa – schaffte es, in schwindelerregender Höhe zu fragen: „Wer bist du wirklich?“

Die Gesichter meiner Freundinnen und Lenni verschwammen. Aus dem Nebel, in dem farbige

Schlieren tanzten, formte sich eine neue Person. Es war ein junger Mann, den Krissi bestimmt als Poster in ihrem Zimmer aufgehängt hätte. Sein Haar war glänzend, schulterlang und dunkel, sein Gesicht scharf geschnitten. An der Kleidung war zu erkennen, dass er vor sehr langer Zeit gelebt haben musste.

„Ich habe sie geliebt!" Die Stimme des Mannes klang nicht mehr von dieser Welt, sondern wie aus der Ferne und mit einem starken Hall. „Isabelle. Ich wollte sie besitzen. Doch sie wollte mich nicht. Darum habe ich sie hier oben eingeschlossen. In der Turmkammer."

Tränen rannen dem Mann über die Wangen und er sah sehr bemitleidenswert aus. „Sie ist gesprungen. In den Tod. Und alles war nur meine Schuld."

Alle schrecklichen Gedanken tanzten auf einmal in meinem Kopf herum. Hatte er mich hier heraufgelockt, um Isabelles Schicksal zu wiederholen?

„Keine Ruhe darf ich finden. Bis mich ein Mädchen küsst. Aus Liebe. Ein Mädchen so wie Isabelle. So wie du."

Rund um mich sank die Temperatur wie an

einem eisigen Wintertag. Ich fror und begann am ganzen Körper zu zittern.

„Du liebst ihn. Darum habe ich seine Gestalt angenommen.“ Der Geist des früheren Burgbewohners verwandelte sich in Lenni und gleich wieder zurück. „Aber du hast mich nicht geküsst.“ Er sah mich halb vorwurfsvoll, halb anklagend an.

„Ich bin doch nicht in Lenni verknallt!“, platzte ich heraus.

Der Satz traf den Geist schlimmer als ein Tritt. Er wich zurück und hob schützend die Arme.

„Dann gibt es keine Erlösung für Heinrich?“ Wieder begann er zu weinen. Er verzog dabei das Gesicht wie ein Baby, dem etwas nicht passt. Zornig stampfte er mit dem Fuß auf, und obwohl er nur in die Luft trat, erzitterte die Treppe.

Diesmal gab das Holz ächzend nach. Vielleicht war es doch nicht so stabil, wie es beim Aufstieg den Anschein gemacht hatte. Auch festhalten würde mir nichts nützen, wenn die Treppe unter mir einstürzte.

„Ich bin genug bestraft!“, quengelte Heinrich weiter. „Liebe mich. Küsse mich!“

Als ich zögerte, wechselte Heinrichs Gesichtsausdruck von trotzig zu wütend.

„Dann wirst auch du tief fallen!“

Von unten meldete sich eine sehr freundliche Frauenstimme. Ein Glanz strahlte bis zu mir herauf, und als ich den Kopf vorstreckte, sah ich irgendwo sehr, sehr tief unter mir die Frau auf dem Gemälde leuchten.

„Du kannst sie nicht zwingen, Heinrich. Sieh das doch ein.“

Der Geist ließ mutlos den Kopf hängen.

„Sei getrost, dass ich dir vergeben habe“, fuhr Isabelle fort. „Und irgendwann wird ein Mädchen kommen, das dich vom Fluch erlöst, den ich damals auf dich gelegt habe. Nur ein wenig verliebt muss es schon in dich sein …“

Wie gut, dass ich Grübel war. Es lohnte sich, viel nachzudenken. Das Denken trainierte mein Gehirn. Ich hatte eine Idee, und nachdem ich einige Male tief durchgeatmet hatte und ruhig sprechen konnte, erzählte ich dem Geist davon. Seit wir für Alexa tätig sind, erschreckt mich nichts so leicht, und das war das zweite Glück in dieser Nacht.

Heinrich von Zinkenbusch hörte mir aufmerksam zu. Nachdem ich fertig war, entstand eine sehr, sehr lange Pause.

Irgendwo aus der Tiefe der Burg drang lautes Gebrüll. Es kam eindeutig von meinen Klassenkameraden, aber was war der Grund?

Der Druck unter meinen Schuhsohlen war auf einmal verschwunden. Ich senkte den Kopf und öffnete den Mund wie zu einem Schrei.

Ich schwebte. Schwerelos glitt ich langsam an der Turmwand hinab und begann mich wie ein Blatt im Wind zu drehen. Um die Hüfte hielt mich jemand fest und ich erhaschte einen Blick auf Heinrich.

Wieder schrien viele Jungenstimmen.

Und ich wurde an der Schulter gerüttelt. Sehr heftig.

„Im Schlaf verschlucken Menschen bis zu zwanzig Spinnen in ihrem Leben!“

Eine solche Aussage konnte natürlich nur von *einer* kommen: Gretchen.

Da lag ich also wieder auf dem stechenden Strohsack im Schweinestall-Saal und rund um mich standen die anderen Mädchen. Neben mir kniete Bix, die mich geweckt hatte, und über sie gebeugt stand Krissi.

„Bist du in Ordnung? Du hast so mit den Armen gerudert!“ Sie streckte die Arme aus und bewegte sie, als wären es Flügel.

Aurelia stand auch da, perfekt überlegen und perfekt hochnäsig. „Hast echt was versäumt, Schnarchnase!“

„Krissi hat gehört, dass die Jungen uns in der Nacht erschrecken wollten. Wir sind ihnen aber zuvorgekommen und haben ihnen aufgelauert!“, plapperte Bix drauflos, als wäre zwischen uns alles in bester Ordnung. „Du hättest sie kreischen hören müssen. Ich glaube, einige haben sich vor Schreck in die Hosen gemacht.“

Meine Enttäuschung war riesig. Nicht, weil ich die ganze Aktion versäumt hatte, sondern weil alles nur ein Traum gewesen war. Es gab keinen Heinrich, der alle möglichen Gestalten annehmen konnte, und mein Plan war auch nur eine Seifenblase, die soeben zerplatzte.

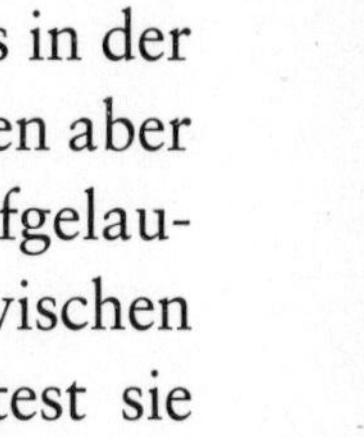

„Du hast den Mund weit offen gehabt!“, kam es nun vorwurfsvoll von Gretchen. „Hat dir keiner gesagt, dass das in einem solchen Raum gefährlich ist? Ich wette, du hast schon eine Spinne verschluckt oder sonst irgendein Tier. Bestimmt musst du in der Nacht kotzen. Neben dir will ich nicht mehr schlafen.“

Bestens, also lag ich allein. Vielleicht sollte ich gleich zu den Schweinen rüberkrabbeln.

„Komm zu uns!“, sagte Bix lächelnd und zog mich an der Schulter in die Höhe.

Als Frau Schäfer nachsehen kam, hatte ich mein unbequemes Bett bereits zwischen Bix und Krissi ausgebreitet.

„Mädchen, was habt ihr den Jungen getan?“ Die Lehrerin klang nicht streng, sondern amüsiert. Natürlich schwiegen alle.

Nachdem sie wieder gegangen war, steckte mir Bix plötzlich einen kleinen Zettel zu. Mit einem Kloß im Hals las ich ihre Nachricht.

Geheimbotschaft Nr. 7, vorne im Umschlag

Behaltet es für euch

Am nächsten Morgen wuschen wir uns im Hof an einem Brunnen, in dem eiskaltes Wasser aus einer schmalen Steinrinne in einen großen Trog plätscherte.

Bix gestand mir etwas richtig Rührendes. Eigentlich hatten Krissi und sie sich schon viel früher mit mir versöhnen wollen, doch sie dachten, ich sei total sauer auf sie, weil sie mich im Bus hatten neben Lenni sitzen lassen. Die beiden haben sich geschämt, so gemein zu mir gewesen zu sein.

Darauf wäre ich nie gekommen.

Krissi hatte dann wieder einmal die Taktik gewählt: Angriff ist die beste Verteidigung, und war einfach weiter auf mich sauer gewesen.

Verwirrend, nicht wahr? Echte Freundschaft ist manchmal so anstrengend, dass man Kopfschmerzen davon bekommt.

Am Nachmittag mussten alle Jungen zum

Knappentraining mit Bogenschießen und Lanzenstechen. Besonders viel zu lachen hatten wir, als Lenni eine richtige Rüstung anziehen durfte und ihn der Burgherr umstieß. Der arme Lenni brauchte eine geschlagene Stunde, bis er wieder auf den Beinen war, und wir alle standen dabei um ihn herum und feuerten ihn lautstark an.

Für Mädchen hingegen war das Leben auf der Burg höchst langweilig. Sie konnten sticken und lesen und in der Küche Aufträge erteilen, was zubereitet werden sollte.

Am Nachmittag durften wir hinunter in die Ortschaft gehen und ich nutzte die Zeit, um endlich mit Krissi und Bix ungestört und ohne Lauscher reden zu können. Obwohl es nur ein Traum gewesen war, erzählte ich ihnen von der Treppe, die im Nichts endete, und von Heinrich und Isabelle. Krissi war begeistert von der Geschichte und auch Bix wischte sich verstohlen eine Träne aus dem Auge.

Es gab im Ort neben dem Supermarkt noch eine altmodische Telefonzelle mit Telefonbüchern. Aurelia kam aus der Zelle, als wir in den Supermarkt wollten, und rief mir zu: „Salensteins kennt niemand hier. Im Telefonbuch sind sie nicht, und nicht einmal die Auskunft findet den Namen. Musst du uns nicht etwas sagen, Vanessa?“

Schützend stellte sich Bix vor mich.

„Lass sie in Frieden!“, rief sie patzig, was Aurelia aber nur ein müdes Lächeln kostete.

An diesem Abend wurde in der Burgküche ein ganzes Schwein am Spieß gebraten und dazu gab es Bratkartoffeln. Diesmal schmeckte es allen und es wurde herzhaft zugelangt.

Meine Freundinnen hatte ich wieder, aber den nächsten Tag fürchtete ich sehr. Aurelias Spott würde perfekt sein, wie alles an ihr.

Das Essen fand wieder im Rittersaal statt, nur musste ich diesmal nicht allein sitzen. Als wir fast fertig waren, trat die alte Burgfrau durch dieselbe Tür ein wie am Vorabend und klopfte mit ihrem Stock auf den Boden. Alle Gespräche verstummten. Neugierig waren die Köpfe zu ihr gedreht.

„Besuch für Vanessa!“ Die Stimme der Alten war nicht mehr so dünn und heiser, sondern fest.

Mein Herz setzte aus. Hatte ich das mit meinem Plan vielleicht doch nicht nur geträumt?

In der Tür erschien ein Junge. Fragt mich nicht mehr, wie er genau ausgesehen hat, ich könnte es nicht sagen. Aber eines weiß ich: Er war der bestaussehende Junge, der mir bis dahin jemals begegnet war.

Wie toll er war, konnte ich auch an den Reaktionen der anderen Mädchen sehen. Sofort setzte heftiges Getuschel ein und ein bewunderndes Seufzen ertönte.

Mit sicheren Schritten kam der Junge auf mich zu. Meine Beine standen von selbst auf und ich ging ihm ein Stückchen entgegen.

„Verzeih, dass ich erst heute komme. Leider konnte ich es nicht früher einrichten.“

Diese Stimme. Nie, mein ganzes Leben lang nicht, würde ich sie vergessen. Sie war so sanft und liebevoll.

Der Junge verneigte sich leicht und strahlte mich an.

„Du bist noch viel hübscher als auf den Fotos, die ich von dir gesehen habe. Leider kann ich das von mir nicht behaupten.“ Er lächelte bescheiden.

Frau Schäfer hatte sich auch erhoben und trat neben uns.

„Darf ich fragen, wer du bist?“

„Verzeihen Sie, dass ich mich nicht vorgestellt habe.“ Nicht übertrieben, sondern einfach nur gekonnt senkte der Junge den Kopf. „Emanuel von Salenstein.“

„Der Prinz!“, entfuhr es Gretchen.

Mir entging nicht, wie Aurelia der Holzlöffel aus der Hand rutschte.

Emanuel nahm meine Hand in die seine, die sich angenehm kühl anfühlte. „Herzlichen Dank, dass Sie mit Ihrer Klasse hier auf die Burg gekommen sind. So ist es mir endlich einmal möglich, meine liebe Brieffreundin persönlich zu treffen. Ihnen muss ich nicht sagen, was für ein außergewöhnlicher Mensch sie ist, nicht wahr?“

Selbst unsere Geschichtslehrerin war von dem Charme des Jungen überwältigt.

„Ich möchte Sie nicht beim Essen stören und leider muss ich auch bald wieder los. Noch heute reisen meine Eltern mit mir zurück nach

England, wo ich eine Internatsschule besuche. Ob ich wohl mit Vanessa ein paar Worte allein wechseln dürfte?“

Nachdem sie einige Male geschluckt hatte, nickte Frau Schäfer. Als wollte er mich auf einem Ball zum Tanz bitten, ließ Prinz Emanuel meine Fingerspitzen in seiner Hand ruhen, die er leicht gehoben hatte. So führte er mich aus dem Saal.

In meinem Rücken stach es, als würde mit Mistgabeln auf mich losgegangen. Ich drehte mich um und sah alle aus meiner Klasse, auch die Jungen, hinter uns herstarren.

Kaum waren wir auf dem Gang, schloss die alte Burgfrau mit Nachdruck die Tür.

Mein Prinz führte mich ein Stück den Gang hinunter und fragte mit seiner schmeichelnden Stimme: „Zufrieden?“

Ich konnte nur nicken.

Wir gingen schweigend immer weiter und ich hatte keine Ahnung, wohin er mich führen wollte. Dann standen wir plötzlich in der Halle, wo wieder alle Fackeln brannten. Prinz Emanuel wedelte einmal kurz mit der Hand durch die Luft und alle bis auf eine waren erloschen.

Wir standen in einem golden schimmernden Halbdunkel. Auch wenn ich sonst immer einen auf hart mache, in mir steckt ein sehr weicher Kern. Und in Anwesenheit meines Traumprinzen, den ich doch eigentlich nur erfunden hatte, wurde mir warm ums Herz.

War das wirklich Heinrich? Ich begann selbst an Prinz Emanuel zu glauben. Der Lichtschein der Fackel ließ sein Gesicht noch schöner erscheinen.

In seinen Augen lag eine große Traurigkeit, als er sagte: „Es ist wohl nicht so, wie du es dir erträumt hast. Und erzwingen …“

Ich will nicht eingebildet sein. Niemals.

Trotzdem tat es mir gut, auf einmal der Star der Klasse zu sein.

Bei der Heimfahrt wollten alle Mädchen, bis auf Aurelia natürlich, neben mir sitzen. Ich teilte mir aber eine Zweierbank mit meinen besten Freundinnen Bix und Krissi.

Wie sich Supersportler bei einem Interview fühlen, das kann ich gut verstehen. Auf sie prasseln bestimmt noch mehr Fragen ein als auf mich in diesen Tagen. Selbstverständlich wollten alle jetzt alles über Prinz Emanuel wissen. Ich aber schwieg nur mit einem geheimnisvollen Lächeln.

Auch Bix und Krissi bestürmten mich und es gab eine ganz bestimmte Frage, die sie am meisten interessierte.

„Hast du ihn echt …?“ Krissis Augen leuchteten vor Neugier.

„Du *musst* es getan haben. Es ist gar nicht anders möglich!“, war Bix überzeugt.

Zum Abschied war die alte Burgfrau noch einmal erschienen, und wisst ihr, was sie getan hat? Sie hat den Daumen hochgestreckt, wie wir das tun, um zu zeigen, dass alles in Ordnung ist. Gezwinkert hat sie auch.

Eigentlich hatte ich für mich behalten wollen, was in der Halle geschehen ist. Mein Prinz hatte mit mir getanzt, und auch wenn ich selbst jedes Wort total kitschig finde, das ich da erzähle, hat es sich einfach wundervoll angefühlt.

Erinnert ihr euch an das Ölgemälde von Isabelle? Der braune Nebel darauf hat sich gelichtet und sie ist jetzt ganz deutlich zu sehen. Und neben ihr ein Mann, der sie von der Seite anlächelt.

Bestimmt wisst ihr jetzt alle, was ich getan habe.

Aber behaltet es für euch, denn es ist *unser Geheimnis*!

HALLO THOMAS!

Wolltest du schon immer Schriftsteller werden?
Zuerst wollte ich Tierarzt werden, aber ich habe beim Studium schnell erkannt, dass das kein Beruf für mich ist. Geschichten habe ich mir immer schon gerne ausgedacht und geschrieben habe ich auch gerne. Allerdings nicht in der Schule, denn meine Deutschlehrer waren immer nur auf Fehlerjagd. Geschrieben habe ich mehr für mich und durch viele Zufälle ist aus dem Hobby ein Beruf geworden.

Wie lange brauchst du für ein Buch?
Ganz unterschiedlich. An guten Tagen schaffe ich etwa zwanzig Buchseiten. Es gibt auch Tage, an denen ich nur wenig schaffe. Trotzdem setze ich mich immer hin. Ich höre übrigens immer mitten im Satz zu schreiben auf. Am nächsten Tag fällt das Anfangen dann viel leichter.

Erfindest du alles, was in deinen Büchern steht, oder recherchierst du viel?
Natürlich recherchiere ich, wenn es das Thema verlangt. Sehr gründlich. Das ist auch wichtig für mich, weil ich mich sonst beim Schreiben nicht sicher fühle. Zum Recherchieren bin ich schon U-Boot gefahren, durfte einmal als Flugschüler ein kleines Flugzeug steuern, habe einen Sturzflug miterlebt, Tierpfleger bei der Arbeit begleitet, lange

Gespräche mit Tierschützern geführt und viele Städte und Länder bereist. Die Geschichten selber entstehen natürlich in meiner Fantasie.

Woher nimmst du eigentlich deine Ideen?
Hm, das ist mir selbst ein Rätsel. Sie kommen ganz einfach. Ich ziehe Ideen an wie ein Magnet … Ich halte Augen und Ohren weit offen und fange sie auf diese Weise ein. In meinem Kopf reifen sie dann. Manche ein paar Wochen, andere ein paar Jahre. Von tausend Ideen setze ich aber nur vielleicht dreißig um. Ich sammle ständig und überall. Oft genügt ein winziger Anstoß und auf einmal wächst daraus die Geschichte.

Entstehen deine Geschichten erst beim Schreiben am Computer oder hast du sie schon vorher ganz genau in deinem Kopf?
Mehr als zwei Drittel sind fertig, wenn ich mich zum Schreiben hinsetze. Ich notiere jede Idee in einen Mini-Computer, den ich immer dabeihabe, aber nur aus einigen werden dann Geschichten. Manchmal braucht das „Wachsen" ein paar Wochen, manchmal ein paar Jahre.

Was ist das für ein Gefühl, wenn man so bekannt ist?
Ich finde es toll, wenn ich Briefe und E-Mails von Lesern bekomme, die mir erzählen, wie viel Spaß und Spannung sie beim Lesen hatten. Das ist für mich ein wunderbares Gefühl. Schließlich schreibe ich nicht, um bekannt zu sein, sondern weil es für mich die tollste Sache der Welt ist.

Ravensburger Bücher von Thomas Brezina

Pssst! UNSER GEHEIMNIS

Diese Abenteuer haben Krissi, Bix und Vanessa breits erlebt:

Habe ich	Fehlen mir			ISBN 978-3-473-
O	O	Band 1	Die Mitternachts-Party	47432-5
O	O	Band 2	Der unheimliche Verehrer	47427-1
O	O	Band 3	Der Schönheits-Zauber	47428-8
O	O	Band 4	Ein Monster namens kleine Schwester	47402-8
O	O	Band 5	Die geheimnisvolle Neue	47405-9
O	O	Band 6	Brav sein? Nein danke!	47406-6
O	O	Band 7	Der Speck muss weg!	47407-3
O	O	Band 8	Immer diese Eltern!	47430-1
O	O	Band 9	Schießt die Jungen auf den Mond!	47409-7
O	O	Band 10	Schlechte Noten gehören verboten!	47410-3
O	O	Band 11	Schokoeis mit Ketschup	47411-0
O	O	Band 12	Nervensägenalarm!	47425-7
O	O	Band 13	Brillenschlange und Zahnspangenziege	47429-5
O	O	Band 14	Her mit den flotten Klamotten	47414-1
O	O	Band 15	Die Schreckschraubentante	47415-8
O	O	Band 16	Was Spaß macht, ist verboten!	47416-5
O	O	Band 17	Ups, ist das peinlich!	47417-2
O	O	Band 18	Voll verknallt!	47433-2
O	O	Band 19	Hilfe, ich bin Prinzessin!	47419-6

www.ravensburger.de

Ravensburger

UG_08_093

Ravensburger Bücher von Thomas Brezina

Habe ich	Fehlen mir			ISBN 978-3-473-
O	O	Band 20	**Gute Fee gesucht!**	47436-3
O	O	Band 21	**Traumrolle mit Traumprinz**	47421-9
O	O	Band 22	**Klassenfahrt und Geisterkuss**	47434-9
O	O	Band 23	**Mädchen vor, noch ein Tor!**	47431-8
O	O	Band 24	**Ich krieg die Krise!**	47426-4
O	O	Band 25	**Die Lehrer-Fernbedienung**	47435-6
O	O	Sonderband	**Hilfe, liebes Tagebuch!**	47424-0

www.ravensburger.de

Ravensburger

UG_08_094

Ravensburger Bücher von Thomas Brezina

Nicht weitersagen: unsere geheimsten Geheimnisse

Thomas Brezina

Immer diese Eltern!

Band 8

Eltern sind manchmal echt Panne! Vanessa ist stinksauer, weil ihre Mam ihr das Karatetraining verboten hat und Bix Mutter ist so peinlich, dass Bix sich am liebsten selbst zur Adoption freigeben würde. Einfacher wäre natürlich, wenn die Mädchen ihre Eltern ändern könnten ...

ISBN 978-3-473-**47430**-1

HC_08_039

www.ravensburger.de

Ravensburger

Ravensburger Bücher von Thomas Brezina

Nicht weitersagen: unsere geheimsten Geheimnisse

Thomas Brezina

Ich krieg die Krise!

Band 24

Krissi, Bix und Vanessa stecken in der absoluten Megakrise! Krissi kommt sich neben ihren Superbrüdern wie eine totale Niete vor, Bix ist in den niedlichsten Jungen der Welt verknallt, doch der behandelt sie, als habe sie eine ansteckende Krankheit. Und auch Vanessa ist ausnahmsweise mal echt am Ende. Wie soll sie Schulsprecherin werden, wenn sie vor Publikum Zungenlähmung bekommt?!

ISBN 978-3-473-**47426**-4

HC_08_042

www.ravensburger.de

Ravensburger